우린 잘 살 줄 알았다

우린 잘 살 줄 알았다

김멋지 위선임 지음

핀드

차례

선임이는 잘 살 줄 알았다

'어쩌다보니'와 '어쩔 수 없이'

새삼 생각해본다. '어쩌다' 이렇게 되었을까. 대체 어쩌다 김멋지와 한집에 살며 종국에는 이런 책까지 쓰게 되었단 말인가? 처음 한 생각은 아니다. 새로이 알게 된 사람들에게 멋지와 나의 역사를 설명할 때마다 곱씹었다. 대체 어쩌다 이렇게 되었지? 여러 번 생각해봤지만 이렇다 할 답은 떠오르지 않았다. 그저 순간순간 닥쳐오던 문제를 해결하기 위해 '어쩔 수 없이' 선택하다보니 이렇게 되었다. 이 문장이 최선이다. 그러니까 김멋지와 나의 관계, 지금 함께하는 삶의 모양은 '어쩌다보니'와 '어쩔 수 없이'의 합작인 셈이다.

그 합작에는 상당 부분 돈이 얽혔다. 정확히 말하자면 '돈의 부재'가 맞으려나. 같이 살게 된 결정적 이유는 그저 돈이 없어서였다. 우리가 함께 떠난 여행에서 총 718일간 5대륙 24개국을 돌고 왔을 때였다. 벌어놓은 돈과 전 재산을 탈탈 털어 갔다 왔기에 사실상 둘 다 거지 상태였다. 구강 풀칠이 시급했다. 난감해하던 그때, 감사하게도 일들이 들어왔다. '뭐라도' 해야 했던 우리는 들어온 일을 닥치는 대로 수락했다. 대부분 우리가 여행한 경험을 살려 진행할 수 있는 콘텐츠 제작이나 강연 같은 일이었다. 같이 여행했으니, 그런 일들도 자연스레 함께하게 되었다. 여행하던 2년간 똥 싸는 시간 빼고 지겹게 붙어 있었는데 어쩌다 일도 같이하게 되었다며 허허 웃었다. 다행인 것은 그 일들이 딱히 특정한 공간이나 기구, 장비를 필요로 하지 않는다는 거였다. 노트북 하나와 그것을 펼치고 앉을 만한 공간이면 충분했다. 사무실이나 작업실 따위 있을 리 만무했던 우리는 각자의 집을 작업 공간으로 쓰게 되었다. 불행인 것은 그러면서 다양한 부작용이 생겨났다는 것이다.

강연을 하기 위해서는 자료를 만들어야 했다. 각자 집의 자기 방에서 작업을 시작했다. 하지만 함께한 여행을 전하는 일이기에 같이해야 할 것이 많았다. 진행상황 공유 및 회의 및 의견 교류 및 서로에 대한 질타 등을 전화와 카톡, 카톡과 전화를 번갈아가며 하다가 어느 순간에는 꼭 한계점에 다다랐다. 얼마쯤 꾸역꾸역 해내다가도 누구 하나의 입에서 결국 이런 말이 나오고야 말았다.
"아, 그냥 만나서 하자. 내가 갈까, 네가 올래."
이런 일들은 으레 그렇듯 들이는 시간 대비 생산성이

떨어졌다. 밤늦도록 진척이 없는 경우가 대부분이었다. "안 되겠다, 내일까지 해야겠는데? 아침부터 시작해야 겠지?" 여기까지 오게 되면 자연스레 생각하게 된다. 지금 이 시간에 집에 돌아가 잠만 자고 다시 내일 아침 이 집으로 오는 것은 상당히 비효율적이라는 지극히 합리적인 생각 말이다. 저절로 다음 말이 나왔다. "여기서 자, 그냥."

그렇게 "그냥 만나서 하자"로 가볍게 시작했던 문장은 창대하게 2박 3일 일정으로 마무리되었다. 그리고 다시 다른 일이 들어왔다. 지겹도록 붙어 있던 일정에 진절머리가 난 녀석과 나는 '이번에는 그냥 각자 집에서 하자'라는 합의점에 이른다. 그리고 반나절 후, 지끈거리는 머리를 부여잡고 카톡과 전화를 오가며 출구 없는 도돌이표 회의를 계속하다 다시금 어쩔 수 없이 같은 문장을 반복하게 되는 것이었다. "아, 이럴 거면 만나서 해, 그냥."

지난번에는 멋지가 우리 집으로 왔으니 이번에는 내가 멋지의 집으로 가기로 한다. 짐을 챙기며 '이번에도 혹시나 길어질까?' 싶은 싸한 느낌이 든다. 칫솔이라도 챙겨갈까? 하지만 본능적으로 싫다. '설마' 싶어 노트북만 챙겨 집을 나선다. 그리고 그날 밤, 멋지 어머니께서 선반을 뒤져 새 칫솔을 까주셨다. 그랬다. 각자의 집이라 했지만 정확히 말하자면 각자의 부모님 집이었고 가족이 함께 살고 있었다.

이 패턴이 여러 번 반복되며 다양한 양상이 생겨났다. 우리 집 칫솔꽂이에는 우리 엄마가 손잡이에 '멋지'라고 써주신 칫솔이 꽂히게 되었다. 멋지 어머니는 아예 내가 좋아하는 멋지 잠옷을 따로 빼 "이건 선임이 거" 하며 챙겨주시기에 이르렀다. 두 사람이 각자의 집을 이리저리 왔다 갔다 며칠씩 기거하는 오묘한 두 집 살림의 형태가 반복되며 양쪽 집에는 서로의 짐들이 하나둘 늘어났다.

이런 두 집 살림은 환상적인 비효율 말고도 결정적인 문제가 있었다. 각자의 가족들에게 더없는 민폐를 끼친다는 것이었다. 멋지의 친오빠는 퇴근하고 들어오며 오늘도 동생 놈의 친구 놈이 있는지 살폈다. 어색한 인사와 함께 들어온 그는 더 어색한 발걸음으로 방으로 들어가 오랜 시간 밖으로 나오지 않았다. 우리 엄마는 식사 준비를 할 때마다 으레 "오늘 멋지 오니?"와 "반찬이 마땅한 게 없는데 어쩌누"를 반복했다. 물론 상황이 이쯤 되자 각자의 가족에게 서로는 어쩌다 함께 살게 된 친척 정도의 위치를 점하게 되었지만 그럴수록 마음이 불편 해졌다.

아울러 피로도가 쌓여갔다. 서로의 방은 크지 않았 다. 책상 하나, 1인용 침대 하나가 들어가면 꽉 찰 정도 의 미니멀한 사이즈였다. 그 덕분에 작업을 위해 밥상을 펼쳐놓고 노트북을 들여다보다 신인류의 거북목을 얻 었다. 일이 끝나면 한 사람은 바닥에 이불을 깔고 잤다. 어쩌다 거실에서 자던 날에는 새벽녘 방광을 비우러 가 는 멋지의 친오빠를 맞닥뜨려 서로 간에 곤란한 상황이 연출되기도 했다.

다른 작업공간을 찾기로 합의했다. 고민 끝에 카페에 둥지를 틀었다. 애초에 이 쉬운 방법을 생각지 못했던 것은 아니었다. 하지만 주머니가 가볍다 못해 빵꾸 뚫린 당시의 재정 상태에서 매일 커피값을 지출하는 문제 때 문에 밀어두었던 선택지였다. 하지만 홈오피스의 무한 한 단점들을 다채롭게 체험하느라 지쳐 있던 우리는 사무실 비용으로 하루 커피 한 잔 값은 지불할 가치가 있다는 결론에 도달했다. 초반 시작은 나이스했다. 무릎이 옆 동네까지 진출하던 꼬질꼬질한 잠옷을 벗고, 밥상 책상을 벗어나 널찍한 테이블에 앉았다. 멀끔한 사람들 사이에 섞여 잔잔하게 깔린 카페 BGM 특유의 재즈풍 플레이리스트를 들으며 노트북을 펼쳤다. 어쩐지 한 사람의 사회구성원으로 자리매김한 것 같은 근원 모를 자부심까지 차올랐다.

그러나 이 방법 역시 예상치 못했던 문제점들이 떠올랐다. 가장 먼저 찾아온 건 예산 문제였다. 당초 예상했던 금액은 아메리카노 한 잔 값이었다. 하지만 진행해보니 이 금액으로는 턱도 없었다. 오전에 만나 커피 한 잔 시켜놓고 두어 시간 일을 하다보면 어김없이 위장의 고동 소리가 울렸다. 참고 참다가 한계에 이르면 날 선 말과 짜증이 날아다녔다. 금강산도 식후경 아니냐, 다 먹고살자고 하는 일 아니냐 따위의 명언들이 오갈 때쯤 노트북을 챙겨 자리를 털고 일어섰다. 근처 식당 중 맛과 취향이 아닌 양과 가격을 기준으로 선정한 메뉴를 흡입하고 다시 카페라 불리는 우리의 사무실로 복귀하자 또 다른 문제가 생겼다. 이전에 사용한 자리가 단란한 커플의 깨 볶는 공간으로 바뀌어 있었다. 콘센트와 햇볕, 화장실 동선에 방해받지 않는 최적의 지리적 이점을 고려해 정한 명당이었지만 어쩔 수 없었다. 카페는 엄연한 공용공간이었다. 차선의 자리를 택하고 나면 다음 난관이 닥쳤다. 자리에 앉으려면 커피를 다시 한 잔 사야 했던 것이다. 작업 시간이 저녁까지 길어질 경우에는 당초 예산의 세 배를 넘어섰다. 쓰라리게 돈이 없던 우리는 빈 잔이라도 주워 오고 싶은 심정이었다. 사정을 알게 된 지인들이 카톡으로 커피 기프티콘을 보내주었다. '옜다, 하루 사무실 비용'이라는 멘트와 함께.

고마운 지인들의 마음으로 버텨갔지만 문제는 끊이지 않았다. 자리만 선점하면 되는 것이 아니었다. 주위 테이블에 어떤 이들이 포진해 있는지도 그날의 작업 분위기에 영향을 끼쳤다. 꽁냥꽁냥하게 서로 케이크를 떠 먹여주던 커플의 낯빛이 급격히 식어가며 싸움을 시작하기라도 하면 어쩔 수 없이 두 귀가 그들 대화에 꽂히는 것이다. 그럴 때면 일하다 말고 김멋지와 둘이 카톡으로 토론회를 열게 된다. '야, 누가 잘못한 것 같냐. 남자친구가 너무한 것 같지 않냐?' 안 그래도 부족한 집중력은 수없이 흩어졌다. 어쩔 수 없는 일이었다. 카페는 엄연히 담소를 나누는 공간이었다. 자리를 배정받아 조용히 공부나 작업을 할 수 있는 독서실의 환경을 기대해서는 안 되는 것이었다.

집과는 또 다른 피로도에 지쳐갈 즈음 한 지인이 유용한 정보를 물어다주었다. 공유 오피스였다. 비싼 금액에 이용할 엄두를 못 내고 있었는데, 지인이 소개해준 공간은 시에서 운영하고 있어 무료 이용이 가능했다. 테이블과 콘센트, 와이파이도 있었다. 희망적이었다. 한동안 그곳에서 첫 책『서른, 결혼 대신 야반도주』(위즈덤하우스, 2018)의 원고를 썼다. 기본적으로 작업을 위한 공간이어서 다른 이들의 대화 소리에 집중력이 흐트러질 걱정이 없었고 중간에 짐을 둔 채 밥을 먹으러 갈 수 있다는 것만으로도 만족감이 상당했다. 하지만 많은 장점에도 불구하고 한계는 여전했다. 그곳은 평일 오후에만 이용할 수 있었기에 주말이나 늦게까지 일을 해야 할 때는 다시 카페와 서로의 집을 전전할 수밖에 없었다.

이 시기를 2년쯤 보내자 자연스레 하나의 결론에 도달했다. 공간이 필요했다. 단기간이면 모를까 계속 이렇게 일할 수는 없었다. 너무 비효율적이었다. 고민 끝에 주거도 함께 해결할 수 있는 집을 구해 같이 살며 일하기로 했다. 이미 2년간 함께 여행했고, 각자의 본가를 전전하며 합숙하듯 생활했으니 함께 사는 데 딱히 문제가 있을 것 같진 않았다. 휴대폰에 부동산 애플리케이션을 깔고 피터 팬과 함께 좋은 방을 구한다는 카페에 가입했다. 그것이 시작이었다.

멋지는 잘 살 줄 알았다

김멋지 씀

장승배기 VS 이태원

"볕이 잘 들었으면 좋겠어."

선임이가 원하는 건 딱 하나였다. 하…… 이거 어려워지겠는데?

2년간의 세계여행에 가진 돈을 모두 써버리고 겨우 마련한 보증금이란 깜찍하다 못해 끔찍한 수준인데, '채광'이라니. 환한 거? 좋지, 나도 좋아하지. 눈꺼풀을 매만지는 햇살에 눈떠서 보송하게 마른 빨래를 지나 창을 열고 기지개를 켜면 얼마나 좋게. 그런데 선임아, 채광이 좋은 집은 시원하게 뚫린 창 너머로, 이웃한 건물이 멀찍이 떨어진 집 아니니? 손바닥만 한 집에 창만 크게 냈겠어? 어느 정도 평수가 나와야 될 거 아니야. 그래, 이런 조건을 다 차치하고라도 무조건 1층 이상이어야 하는 거 아니냐고. 나, 이 사람, 독립은 처음이지만 집값 살벌하다는 건 안다 이 말이야.

하지만 우리가 가진 돈으로 서울 하늘 아래 대체 그런 집을 어떻게 구할 수 있겠느냐는 말은 꺼내지 않았다. 이미 눈 코 입은 물론 얼굴 잔근육 하나하나가 채광을 기대하는 건 말도 안 된다는 표정을 만들어냈으니까.

자취 경력자 선임이는 단호했다. 눅눅한 어둠은 사람

을 천천히 갉아먹기 때문에 꼬박 24시간을 지내게 될 우리의 사무실이자 집은 환해야 한단다. 20대에 학교와 회사 근처의 원룸을 전전했던 그였다. 월세가 저렴했지만 빨래 건조대를 펴면 방이 꽉 찰 만큼 좁은 방, 그 방에 나까지 초대하는 바람에 건조대 날개 아래를 림보로 오가며 저녁을 차려 먹던 날이 떠올랐다. 신축건물이었지만 기계식 주차타워 옆방이라 차가 들어올 때마다 소란스럽게 돌아가는 기계음 때문에 남자친구와의 통화를 멈춰야만 했던 선임이의 웃픈 과거를 나는 알고 있다. 방은 조금 넓었지만 베란다로 이어진 유리문이 채광의 전부라 어떻게든 밖에서 시간을 보내다 잠만 자러 갔던 집도 기억한다. 하나를 쥐면 다른 하나를 내다버려야 했던 그 모든 집을 거쳐온 선배님의 말씀이니 고개를 끄덕일 수밖에.

그래서 우선 찾아보기로 했다. 정 안 되면 그늘 없는 건물 옥상에 텐트라도 쳐야지, 뭐.

서울에서 시세가 저렴하다는 지역만 골라 다녔다. 참담했다. 분명 투룸인데 짐을 들여놓으면 서서 자야 할 만큼 좁은 집, 과연 내일도 이 집이 서 있을까 의심스러 운데 손만 대도 껍질이 푸스스 떨어지는 나무 옷장이 옵 션이라며 집주인이 선심 쓰는 집, 천장이 낮아 목을 옆 으로 꺾은 중개인이 비스듬한 얼굴로 우리는 키가 작으 니 괜찮다며 너스레를 떠는 집 등 어쩜 이리도 다양하게 후졌는지…… 내 경제력이 집의 모습으로 정확히 환산 되어 나를 놀렸다. 콧바람 한 번에 날아갈 만큼 적은 돈 에 지상의 투룸을 원하니 당연했다. 크기가 적당하다 싶 으면 어김없이 반지하였고, 이 정도 채광이면 괜찮지 않 나 싶어도 단단히 굳은 선임이의 입매는 풀어질 줄 몰랐 다. 이렇게 안 맞을 땐 잘 지낼 사람보다 못 견딜 사람의 기준에 맞춰야 함께 웃을 수 있다는 걸 오랜 여행을 통 해 익혔기에 급하게 굴지 않기로 했다. 당장 살 집이 없 는 것도 아니었다.

부동산중개인을 따라가 매번 실망하는 것도, 중개 애 플리케이션 속 허위 매물에 낚이는 것도 당연해질 때쯤 SNS에서 괜찮은 매물을 발견했다. 중개업자가 아닌 세 입자가 직접 찍은 사진이라 미니 냉장고가 침대만큼 늘 어나는 왜곡도 없었다. 무엇보다 사진 속 방은 깔끔하고 환했다. 바로 방문 약속을 잡고 장승배기역으로 향했다. 역부터 매물까지 걸어서 5분, 진정 역세권이었다. 호들 갑을 떨며 맹금류의 눈빛으로 동네를 훑었다. 큰 마트, 플러스 1점. 24시간 편의점, 플러스 1점. 가마솥 국밥집? 이건 플러스 10점. 편의시설이 몰려 있는 것은 물론 언제든 국밥을 먹을 수 있다는 심리적 안정감까지 더해져 점수는 높아졌다. 주소로 찾아간 집은 조용한 골목에 있는 2층 단독주택이었다. 집주인은 1층에, 세입자는 2층에 사는 구조였다. 마당에서 2층으로 이어진 계단을 오르자 다시금 마당이 펼쳐졌다. 1층보다 작은 2층의 면적의 차이로 생긴 공간이니 베란다라고 표현하는 게 정확하겠지만, 어쨌든. 평상은 없었지만 캠핑 의자 몇 개 가져다두고 별 보며 삼겹살을 구워 먹으면 기가 막힐 것 같았다. 상추랑 겨자채를 심는 것도 좋지. 아, 벌써 맘에 들어버렸다.

한눈에 봐도 스타일리시한 세입자가 문을 열어주었다. 주변 건물 대부분이 낮은 단독주택이라 그런지 사진으로 봤던 것처럼 집 안에 해가 훤히 들어왔다. 주방을 중앙에 두고 양옆으로 비슷한 크기의 방이 딸린 공평한 구조라 싸울 필요도 없어 보였다. 자신을 사진작가라 소개한 그를 졸졸 따라다니며 공간을 소개받았다. 여태껏 봤던 집은 빈집이라 몰랐는데, 사람의 생활감이 여기저기 묻어 있는 집을 보는 게 왠지 민망해도 좋았다. 작업실 벽에 걸린 포스터를 지나 화장실로 가는 길목 천장에 드리운 작은 커튼을 괜히 만져보고, 여행지에서 사 온 듯한 마그넷이 자유롭게 붙어 있는 냉장고 앞에 서보기도 했다. 이 집에 가득한 사진작가의 예술적 영감을 필터 삼아 실시간으로 반하는 중이었다. 방이 작은 게 조금 아쉬웠지만 채광에 역세권에 삼겹살 연회장까지! 집주인 등에 날개가 있나? 우리 보증금으로 봤던 집 중에 최고였다. 곧 연락드리겠다는 인사를 하고 골목을 다 빠져나와서야 호들갑 파티를 벌였다.

"선임아, 봤어? 봤어? 체크무늬 테이블보 아늑한 거 봤냐구!"

"마당 무슨 일이야. 왜 그렇게 커. 텐트 쳐도 되겠더라."

"비 오면 넌 마당에서 커피 마셔. 난 부침개에 막걸리 마실게, 헤헤. 어떻게 해? 계약하겠다 그래? 좋은 건 금방 나가잖아."

"근데 우리 이태원 집도 봐야 하잖아."

친구에게 소개받은 이태원 매물을 보기 전이었다. 재개발을 앞둔 지역이라 이 가격에 나올 수 없는 집이니 무조건 잡으라고 몇 번이나 당부했는데, 그쪽 세입자가 여행 중이라 방문하기까지 시간이 필요했다. 장승배기와 이태원, 두 곳 모두 보고 결정하는 아름다운 결말을 맞는다면야 좋겠지만 바람대로만 흘러가면 그게 인생이던가. 만약 이태원 집을 보려는 사이에 다른 세입자가 장승배기 집을 채가고, 기다리던 끝에 본 이태원 집이 마음에 들지 않는다면……! 상상하기도 싫었다. 그렇다고 덥석 장승배기 집을 결정하면 작은 방에 짐을 욱여넣을 때마다 보지도 못한 이태원 집이 생각날 것 같았다. 고민은 짧았다. 어차피 급하게 굴지 않기로 한 거, 장승배기 집을 놓쳐도 후회하지 않기로 했다. 둘 다 잃게 되면 또 다른 집이 뿅 하고 나타날 거라는 우주의 긍정 기운을 모아 가마솥 국밥집으로 걸었다. 이럴 땐 참 잘 맞는다.

며칠 뒤, 이태원 집으로 향했다. 역에서 도보 15분 거리에 언덕까지 가팔라 가는 길이 만만치 않았다. 골목은 주차된 자동차와 오토바이로 복잡했고 옆으론 오래된 주택이 빼곡했다. 편의점은 초입에서 지나친 게 마지막인지 더는 나오지 않는 데다 설비공사 가게만 여럿 보이는 게 고장 나는 집이 많은 동네 같았다. 우리가 볼 집은 언덕배기에 있는 다세대주택이었고 주소는 분명 201호였지만 입구에서 반 층 내려가야 했다. 된통 낡았다는 예감이 진하게 들었다. 며칠 전부터 쌓인 기대감을 길바닥에 조금씩 떨구며 걸어왔는데, 남은 기대감은 복도에 나와 있는 신발장을 보자 몽땅 내던져졌다. 얼마나 집이 좁으면 신발장을 내놓은 건지. 허탈한 마음으로 집에 들어섰다.

거실 한쪽 가득 뚫린 창과 그 창을 덮은 야들야들한 레이스 커튼이 우릴 맞았다. 뭐야, 나 방금 해리포터 9와 3/4 승강장 같은 걸 통과한 건가? 분명 허름한 건물인데 속살은 이렇게 넓고 아늑하다니. 2인용 소파와 보드라운 러그, 하얀 장이 달린 부엌 옆의 커다란 안방과 그 옆에 딸린 작은 방, 방 안의 체크무늬 침구를 차례로 보았다. 다들 이렇게 아기자기하게 사는 건지, 나만 엄마가 사 준 이불을 쓰는 건지 생각하던 순간, 세입자의 설명이 이어졌다. 친구 셋이 모여 고시 공부를 하기 위해 이 집을 구했고 한 명씩 합격해서 집을 떠나는 동안 월세에 보태려 에어비앤비로 투숙객을 받느라 인테리어에 신경 썼다고 했다. 지금은 모두 합격해서 집을 내놓는 거라며 터가 좋은 것 같다는 말도 덧붙였다. 곧바로 옥상을 소개받았다. 가파른 철제 계단을 오르니 뻥 뚫린 하늘 아래 한남동이 내려다보였다. 여기에도 캠핑 의자 몇 개 가져다두고 별 보며 삼겹살을 구워 먹으면 기가 막힐 것 같았다. 어떻게 된 게 일하며 살 집 구하는데 온통 고기 생각뿐이다. 실금실금 웃으며 선임이를 봤더니 녀석도 마음에 들었는지 안색이 밝았다. 이제 남은 건 장승배기와 이태원 집의 장단점을 하나하나 따지는 일이었다.

계단을 내려오자 세입자가 충격적인 소식을 알렸다. 여행하는 동안 집 보러 오겠다는 사람들을 못 만나는 바람에 우리를 시작으로 30분마다 약속을 몰아 잡았다는 거다. 그러니 혹시 마음에 들면 빨리 알려달라고 덧붙였다. 집을 보는 데 이미 15분을 써버렸다. 당황하는 시간도 사치였다. 앞으로의 생활을 좌우할 결정을 15분 만에 끝내야 했다. 귀에서 째깍째깍 시계 초침 소리가 들리는 것 같았다. '방은 작지만 마당이 넓은 역세권. 잠만 자는 것도 아니고 일도 해야 할 텐데 괜찮나?' '그럼 방이 더 큰 이태원. 말이 이태원이지, 역에서 멀어서 한참 걸어야 되잖아?' 골목으로 나가는 내내 장승배기와 이태원 사이의 신경전이 팽팽했다.

골목에 다시 섰다. 여전히 주차된 차와 오토바이로 정신없었다. 옆으로 눈을 돌렸다. 용산구청에서 붙여둔 쓰레기 무단투기 경고문이 한국어, 영어, 아랍어 총 3개 국어로 쓰여 있었다. 앞으로 눈을 돌렸다. 무뚝뚝한 표정의 흑인이 토끼 캐릭터 티셔츠를 입고 리드미컬하게 걸어오고 있었다. 그 순간 선임이와 눈이 마주치며 둘 다 웃음이 빵 터져버렸다. 우리를 둘러싼 풍경과 공기가 묘하게 변했다. 이 동네에선 재미있는 일이 일어날 것 같았다. 집 앞의 외국인과 경고문으로 집을 선택한다고? 어이없게도 우리의 마음은 같았다.

전화를 들어 조금 전 만났던 세입자의 번호를 눌렀다. 그렇게 '우리 집'이 생겼다.

우사단로10길을 소개합니다

한남대교를 타고 신사동에서 한남동으로 건너면 왼편에 집들이 촘촘하게 박힌 비탈이 보인다. 그중에 우리집이 있다. 네모난 집들을 따라 높은 곳으로 시선을 올리면 뾰족하게 서 있는 교회를, 더 멀리로 눈을 돌리면 둥근 지붕의 이슬람 사원을 볼 수 있다. 그 두 곳을 잇는 길은 한남동과 보광동을 가른다. 가장 사랑하는 골목, 우사단로10길이다. 거의 900미터에 달하는 이 길을 중심으로 거미줄처럼 얽힌 우리 동네를 소개하겠다.

이태원이라는 화려한 이름 뒤편의 낡은 이곳을 표현할 동사는 '뒤섞이다'가 아닐까. '서울 속 지구촌'이라는 별명만큼 다국적 인종이 살고 있다는 건 이미 유명하다. 각국의 요리를 선보이는 레스토랑과 세계의 식자재를 살 수 있는 마트가 즐비해 타지에서 찾아오는 곳이기도 하다. 거기서 조금 더 깊이 들어오면 주민들의 메인 스트리트인 우사단로10길을 만날 수 있다. 그 길엔 오래되고 새로운 것, 바래고 빛나는 것이 한데 섞여 있다.

대형마트는 없지만 작은 슈퍼가 몇 있다. 가진 매력이 서로 달라 상황에 맞게 선택한다. 집 앞이라 자주 가는

'영일슈퍼'는 매장을 전부 둘러보는 데 다섯 걸음이면 충분하다. 한정된 선반에 다양한 제품을 놓을 수 없는 만큼 사장님은 주민들의 소비 패턴과 유형을 파악해 직접 셀렉한 제품을 들여와 추천해주신다. 한번은 비빔국수용 소면을 사러 갔다가 생소한 두 개의 브랜드 앞에서 멈칫거렸더니 어떤 국수가 맛있는지, 얼마나 삶아야 하는지 대번에 알려주셨다. 그렇게 하나 콕 집어주실 거면서 왜 다른 국수를 옆에 뒀는지 모르겠지만 그만의 마케팅 전략일 수도 있겠다. 아직 삶지도 않은 국수를 보며 하마터면 맛없는 걸 살 뻔했다고 좋아했으니까.

근처 '도깨비마트'는 제법 넓어 제품군이 다양하고 두부나 콩나물, 깐 양파 같은 신선식품까지 구비되어 있는데, 진정한 매력은 사장님께서 직접 담근 김치를 판매한다는 데 있다. 맛도 좋아 엄마 손맛 그리운 주변 자취생들의 발길을 이끈다. 김장 날 가게에 들르기라도 하면 짭조름한 젓갈 냄새에 침이 고여 어느새 막걸리를 집어들게 된다.

두 가게 모두 다정하지만 감사한 곳은 따로 있다. 바로 '보광식품'이다. 셋 중 집에서 제일 먼 데다 몇백 원씩 비싸도 무려 24시간 운영한다. 밤새 매장을 지키는 사장님의 노고와 주민들의 편의를 제품가에 녹이는 건 아주 마땅하다. 야밤에 갑자기 술 한잔 당길 때나 선임이가 아이스크림을 부르짖을 때 존재 자체에 연신 감사해하며 찾는 곳이다. 밤 12시가 넘은 시각, 잠옷 차림의 단발머리 여자가 눈웃음을 흘리며 이 길을 달리고 있다? 높은 확률로 보광식품을 향하는 나다.

우사단로10길은 보통 사람들이 찾는 이태원의 반대편에 자리한 주택가라 우연히 흘러 들어오기보다는 일부러 찾아오는 가게가 대부분이고 그중 하나가 '장수건강원'이다. 하얀 아크릴 간판에 무뚝뚝하게 적힌 상호에서 한약 냄새를 풍길 것 같지만 가까이 가면 칼칼한 찌개 냄새가 새어나온다. 정체는 한식 술집이다. 건강원 자리에 술집을 마련한 사장님이 오래된 간판을 남겨두었다. 정작 제 이름인 '보마'는 자그만 입식 칠판에 적혀 출입문 앞을 조용히 지키고 있다. 메뉴판에 적힌 음식 중 아무거나 골라도 맛있지만, 두부짜글이가 기막히다. 소주 한 잔 털어 넣고 칼칼한 두부 한 입 삼키면 목구멍이 뜨끈해지고 혈관에 피가 쭉쭉 돌기 시작하니, 건강원이라는 간판이 거짓은 아니다.

'미세스송'이라는 가게는 처음 이사 왔을 때 그 정체를 알 수 없어 궁금증을 자아내던 곳이다. 사장님이 송씨 성이라는 것을 빼곤 도대체 무얼 하는 곳인지 알 수 없었다. 출입문에 니트 카디건이 걸려 있어 맞춤 양장점인가 싶다가도 구석에 '문구'와 '담배'가 작게 적힌 간판과 '전기재료, 형광등, 우산'이라는 시트지가 붙은 유리를 보면 미궁에 빠진다. 지나갈 때마다 떠오르던 궁금증이 풀린 건 멀티탭이 필요한 날이었다. 전기재료를 판다는 걸 기억해 가게를 찾았다. 미시즈 송으로 추정되는 사장님 뒤로 뜨개 물품이 걸려 있었고 음료, 문구, 양말, 노끈, 전기 모기채, 담배 같은 것들이 여기저기 진열되어 있었다. 없는 게 없을 것처럼 생겨서 찾아가면 또 없을 수도 있는 랜덤 만물상 같달까? 게다가 그 물품은 사장님만의 분류로 나뉘어져 찾는 재미를 줬다. 우리가 찾는 멀티탭은 라면 뒤에 있었다. 그렇지. 멀티탭과 라면이 붙어 있지 않아야 할 이유는 딱히 없지. 나의 통념을 깨는 신선한 바람이 부는 듯해 들를 때마다 즐거운 곳이라고 말할 수밖에.

이 외에도 우사단로10길을 쭉 걷다보면 외부 음식 반입을 환영하는 위스키 바, 이슬람 율법에 따른 재료로 떡볶이와 김밥을 만든 할랄 분식점, 미국 스타일로 변형된 중국음식을 다시 한국에 가져온 미국식 중국음식점, 겨울마다 가게 한쪽 화구에 떡볶이를 끓여 파는 인테리어 가게, 사장님이 외로우니까 등지고 앉지 말라는 커피&수다 카페 등 어딘가 좀 독특한 구석이 있는 가게를 만날 수 있다.

공간을 소개했으니 사람 이야기도 해야겠다. 우사단로에는 이 터를 오래전부터 지켜온 원주민과 한국을 찾은 외국인, 저렴한 작업공간과 전시공간을 찾아 들어온 젊은이들이 섞여 산다. 무대미술가, 타투이스트, 패션 디자이너, 화가, 일러스트레이터, 조향사같이 일부러 찾지 않으면 한곳에서 마주치기 어려운 예술인들이 모여 가깝게 지낸다. 들어올 때 마음대로지만 출구 없는 동네의 매력에 빠진 그들은 본인들의 재능을 모아 '서울에서 제일 작은 축제'라는 슬로건 아래 '우사단데이'라는 거리

축제를 만들어 동네를 들썩이게도 한다. 잠옷 차림으로 산책하던 중 한 화가의 작업실에 초대받은 적이 있다. 도깨비마트에서 산 김치와 막걸리, 각자 가져온 술로 채운 그날의 파티는 밤늦도록 조용할 틈이 없었다.

　자주 마주치고 싶은 사람도 있다. 지하철역과 반대 방향이라 일부러 가지 않는 한 만날 수 없는 슈퍼의 주인 할아버지다. 그는 아침과 점심 사이 가게 앞 작은 평상에 앉아 막걸리를 드신다. 끼니가 될 만큼 든든한 쌀 음료를 걸치는 거이니 그건 분명 브런치일 테다. 멀리서부터 할아버지를 발견하면 기대하며 걷는다. 막걸리는 같아도 매번 곁들이는 안주가 바뀌기 때문이다. 어느 날은 꿀꽈배기, 어느 날은 연양갱, 또 어느 날은 찹쌀도넛. 만들어 먹는 건 귀찮으신지 판매하는 걸로만 가져다 드시는 모양이다. 튀긴 건빵이 담긴 접시라도 볼라치면 오늘은 안주를 정성스럽게 준비하신 것 같아 괜히 웃음이 샌다. 내가 먹을 술과 안주는 내 가게에서 꺼낸다는 그 바이브가, 야외 평상에서 꼬박꼬박 브런치를 챙기는 그 여유로움이 부러워 자꾸 보고 싶다. 오늘은 또 무얼 드실지 궁금한 게 제일 크지만.

가끔 뵙는 할머니 단짝도 있다. 선임이와 나처럼 한 분은 얼굴이 동그랗고 다른 한 분은 얼굴이 길고 키가 좀 더 크다. 늘 함께 붙어 계셨는데, 할머니 한 분밖에 보이지 않던 날이 있었다. 무슨 변고가 생긴 건 아닐까 심장이 덜컹거리는데 곧 멀지 않은 곳에서 메로나 두 개를 쥔 할머니가 걸어오셨다. 나도 저렇게 단짝 친구와 함께 나이 들었으면, 곁에 있는 이에게 내가 좋은 사람이었으면, 두 분의 시간이 짧지 않았으면, 하는 생각이 들면서 마음이 느슨해진다.

쓰다보니 이렇게 재미있는 동네가 세상없을 것만 같다. 물론 힘든 걸 말하라면 랩으로 읊을 수도 있다. 우사단로의 유일한 마을버스는 한 방향으로 운행하기 때문에 집에서 역으로 갈 땐 타고 내려갈 수 있지만 역에서 집에 올 땐 기어오르듯 걸어야 한다. 푹푹 찌는 여름날에 짐이라도 메고 걸으려면 엉덩이 골부터 땀으로 질펀하게 적시고 시작한다. 주차 공간이 딸린 주택이 몇 없으니 골목은 언제나 주차 전쟁이다. 좁은 틈에서 차가 마주치면 줄줄이 소시지처럼 금세 차가 꼬리를 물고, 왼쪽 오른쪽 애잔한 문워크로 빠져줘야 골목이 정리된다. 집들이 가깝게 붙어 있어 정확히 어디 계신 줄 알 수 없는 이웃 아저씨의 재채기 소리도 들어야 한다. 나처럼 그도 비염이 있으신지 봄에는 더 심해지는 터라 누가 더 호방한 소리를 내나 배틀을 벌이기도 한다.

그런데도 좋다. 달과 별이 가까운 동네 언덕이, 이웃집 밥 짓는 냄새가 가까이 나는 좁은 골목이, 적당히 다정한 서로의 온도가 사랑스럽다. 이곳의 모든 매력은 어쩔 수 없이 '오래됐다'에서 시작한다. 오랜 거라 낡았고, 새것이 아니라 풍경이 귀해졌고, 저렴해서 청년들이 모여들었고, 재주껏 고쳐 쓰느라 특별해졌다. 우리가 이사온 후 재개발 확정 플래카드가 걸렸다. 낙후된 주택이 많아 다시 허물고 짓는 과정을 피할 수 없겠지만, 그래도 사라지는 건 늘 애틋하다. 굽은 우사단로10길은 찾을수 없는 주소가 되고 그 위에 반듯한 새 이름이 새겨지겠지. 이곳 사람들의 이야기는 어디로 흩어질까? 분명한건 우린 여전히 이 동네에 살고 싶다는 거다.

우리, 잘 살 수 있을까?

우리가 잘 살 거라는 건 지구가 둥근 것만큼이나 당연했다. 이집트에서 스쿠버다이빙을 하며 홍해를 만끽하고 있을 때였다. 이 바다를 떠나면 터키로 갈 거라는 얘기에 한 여행자가 요르단, 특히 세계 7대 불가사의 중 하나이자 영화 「인디애나 존스」의 촬영지로 유명한 도시 '페트라'를 추천했다. 피라미드는 돌을 쌓았지만 페트라는 돌을 깎았다고, 직접 찍은 사진까지 보여줬다. 육로로 가는 길에 들러보라며 원한다면 위치 좋은 숙소도 알려준다 했다. 나라를 뛰어넘는 일을 신촌에서 홍대 들러 합정 가라는 듯 간단하게 말했지만 상관없었다. 경비는 넉넉지 않아도 가진 시간만은 일론 머스크 안 부러운 우리였다. 서로 잠깐 눈을 마주치고는 바로 끄덕거렸다. 그저 재밋거리 하나 더 생긴 게 마냥 좋았다.

페트라에 인접한 와디무사는 페트라를 방문하려는 여행자들이 들고 나는 작은 마을이었다. 주소 적힌 종이 한 장만 쥐고 저녁에 도착한 숙소에서 하룻밤을 보내자마자 풀었던 배낭을 다시 꾸렸다. 오래 있을 생각은 없었다. 산책 겸 페트라 한 바퀴 쓱 둘러보고 떠나자는 데에도 이견이 없었다. 가볍게 슬리퍼를 신고 프런트에 있는 청년에게 체크아웃을 요청했다. 요르단 수도인 암만으로 가는 버스 시간을 확인하고 페트라로 가는 길을 물으며 배낭을 맡겼다. 그는 눈을 동그랗게 뜨며 '임파서블'이라고 손사래를 쳤다. 심지어 우리가 묵었던 방에 다른 손님을 받지 않을 테니 이따 돌아와서 다시 묵으라고 했다. 금방 떠날 여행자에게 괜히 던져보는 남정네의 추파였다. 한국 여인들을 가볍게 생각하나본데, 우릴 위해서라도 다음에 올 여행자들을 위해서라도 단호해야 했다.

"당신이 뭐라고 해도 우린 페트라에 갈 거고, 돌아와서 암만으로 떠날 거야."

"이제 길을 알려줬으면 해."

죽이 척척 맞았다. 결국 머쓱해하던 그가 알려준 방향으로 걸어가며 빵과 물을 샀다. 달랑달랑 봉다리를 흔들며 걸은 지 얼마 지나지 않아 매표소가 보였다. 역시 추천받은 숙소 위치가 좋았다. 매표소에 다가가 입장료가 적힌 안내판을 훑었다. 순간 안압이 올랐다. 눈에 담긴 숫자와 환율이, 내가 계산한 그 가격이 제대로 맞는지 따져보느라 피가 한데 몰렸다. 정신을 차리고 몇 번을 셈해도 비쌌다. 게다가 티켓은 1일, 2일, 3일 총 세 가지로 나뉘어 있었다. 그 여행자가 말하던 세계 7대 불가사의라는 게 입장료를 말하는 것 같았다. 대체 어떤 상황인지 감도 안 잡혔다. 예정에도 없던 페트라에 비싼 입장료를 내면서까지 가고 싶은지 근본적인 물음이 들었지만, 여기에서 쓰는 돈보다 여기까지 온 게 아까운지 내 안의 모든 세포가 저절로 긍정회로를 굴렸다.

"어머 어머, 어쩜 3일 동안 오고 싶을 정도로 좋은가 봐. 난리 났다. 그럼 우리도 가봐야지."

맞장구치는 선임이도 마찬가지였다.

1일 티켓을 끊고 매표소에서 받은 지도를 펼쳤다. 1부터 차례대로 번호를 매긴 네모난 탑 같은 게 서른 개가 넘었다. 그 사이에 두꺼운 길이 구불구불 나 있었다. 우선 한 줄로 난 길을 따라 걸었다. 꽤 걸어온 것 같은데도 이렇다 할 게 나오지 않았다. 수다 떨다가 길을 잘못 빠진 모양이었다. 관계자로 보이는 사람을 붙잡고 지도의 번호 하나를 가리키며 물었다. 이 길을 따라 40~50분만 더 가면 된다는 답이 돌아왔다. 우리가 찍은 번호는 길의 반이 조금 넘은 지점이었다. 그럼 이 중에 '페트라'는 어디에 있는지 물었다. 그는 어깨를 한 번 들썩이고 팔을 펼쳐 여기가 '페트라'라고 말했다. 잠깐 짚고 넘어가자면, 다음은 '페트라'에 대한 두산백과의 소개 첫 줄이다.

요르단 남부에 있는 대상 도시 유적

도시 유적?

도시 유적…….

'도시' 유적!

그때까지 우리는 몰랐다. 페트라는 도시였다. 돌을 깎았다기에 건물 한 채일 줄 알았지, 도시 전체가 돌일 줄이야. 조상님 스케일이 호방하셨네. 몇천 년 전에 만들어졌다지만 '도시'답게 넓었다. 숙소 청년이 몇 번이고 '임파서블'을 외친 게 이유가 있었구나. 한낱 추파인 줄 알았던 숙박 제안부터 3일 동안 출입할 수 있도록 나뉜 티켓까지 순서대로 머리를 스쳤다. 우린 얼마나 무지하고 무시했던가. 숙소 청년, 몰랐어요. 오해해서 미안해요.

　어쨌든 대충 계산하자면 입구에서 이미 10분 정도 걸었고 앞으로 50분 더 가면 절반이 좀 넘으니까 길 끝까지 가는 데에만 약 100분, 왕복이면 200분, 후진 체력을 감안해서 20분 정도 더 얹으면 220분이었다. 그러니까 3시간 40분. 그 안에는 감상할 시간도 쉬는 시간도 넣지 않았다. 슬리퍼 신고 가볍게 나온 산책이 무색해지는 순간이었다. 두 개의 선택이 앞에 놓였다. 어차피 하루 동안 이용할 수 있는 티켓이니 숙소에 돌아가서 옷가지를 재정비하고 다시 와서 보느냐, 애초에 몰랐던 곳이니 적당히 보다가 암만으로 떠나느냐. 벤치로 자리를 옮겨 회의를 열었다. 곧 과반수 찬성이자 만장일치로 의견을 모았다. 우선 배를 채우기로 했다.

　여행엔 언제나 예상치 못한 일이 벌어졌고 여전히 심각할 게 없었고 배가 고팠다. 빵을 오물거리며 멋진 계획을 세웠다. 페트라와 암만 모두 포기하지 않기로 했다. 어떻게든 빠른 걸음으로 페트라를 구경하고 돌아가 암만으로 떠나는 거다. 언제 배곯을지 몰라 다람쥐 볼처럼 위장에 음식물을 넣어두는 억척스러운 여행력과 어이없는 상황일수록 어디까지 망그러지는지 덤비고 보는 호기로운 변태력이 합쳐진 환장의 컬래버레이션이었다. 배낭을 메고 숙소 청년과 웃으면서 안녕 하는 그럴싸한 엔딩까지 꿈꾸며, 아무도 요구한 적 없고 어떠한 보상도 없는 퀘스트를 만들었다.

빠른 시간 안에 페트라를 보고 버스 시간에 맞춰 마을로 가세요.

마른 빵을 비장하게 씹었다. 영화를 보면 이럴 때 주인공이 운동화 끈을 단단히 매던데, 아래를 보니 발가락 사이에서 슬리퍼가 달랑거렸다. 신발마저 하찮은데 또 명랑해서 실소가 터졌다.

산책에서 트레킹으로 장르를 달리한 퀘스트를 시작했다. 지도를 든 네 개의 눈동자가 붉은빛을 내며 고대 도시의 협곡을 걸어나갔다. 얼마 후, 페트라를 추천한 여행자가 보여준 사진 속 건물이자 우리가 '페트라'라고 생각했던 돌조각을 만났다. 거대한 바위산 하나를 양각으로 깎은 건물이었다. 역시 추천받은 만큼 대단했다.

이때까진 우리가 버스 시간을 맞출 수 있을 거라 생각했다. 두 시간에 걸쳐 지도에 난 길 끝자락의 광장에 도착할 때까지는.

종잇장처럼 얇은 슬리퍼를 신고 어찌나 힘차게 걸었는지 발바닥이 화끈거려 잠시 앉아 주위를 둘러봤다. 우리처럼 여유롭게 쉬는 여행자들 사이로 바쁘게 언덕을 오르는 사람들이 보였다. 그들 뒤를 따르는 당나귀에 호기심이 일었다. 지도를 펼쳐 위치를 가늠했다. 광장에서 산 쪽으로 좁게 난 길인 듯했다. 신비로워 보이는 저 길 끝에 건물이 있다는 표시가 있었다. 뭔지 모르겠지만 산 꼭대기에 지어둔 걸 보면 소중한 곳일 것 같았다. 다시 선택이 필요했다. 마음이 이끄는 곳으로 올라갈 것인가, 돌아가 암만행 버스를 탈 것인가. 언제나처럼 의견을 모으는 데에는 오랜 시간이 걸리지 않았다. 변태력에 힘을 더 싣고 퀘스트를 수정했다.

용사들이여, 페트라를 정복하세요.

어디 한번 갈 데까지 가보기로 했다. 암만이야 내일

떠나면 되고, 발바닥이야 음…… 아프지만 좀 더 걷는다고 달라질 건 없어 보였다. 바위 계단을 한 칸씩 올랐다. 뒤에서 당나귀가 궁둥이를 칠 때마다 옆으로 살짝 비켰다가 다시 올랐다. 물 한 통 남아 있는 가방조차 점점 어깨를 짓눌러 한 사람씩 번갈아 메면서 뒷발을 끌어올렸다. 이것은 끈기인가, 오기인가. 지도상으론 짧은 길이었지만 가파른 언덕이라 부지런히 올랐는데도 결국 한 시간 반이 걸렸다. 퀘스트 달성! 안타깝게도 배경지식이 전무한 무지렁이 둘은 꼭대기에서 만난 건물에 감탄하지 못했지만, 함께 해냈다는 전우애에 취했다. 그거면 됐다고 생각했다. 그리고 예상치 못한 퀘스트를 만나버렸다.

지친 용사들, 알아서 돌아가세요.

현실은 게임과 달랐다. 퀘스트를 깨고 목적지에 다다르면 다음 스테이지로 순간이동하는 게 아니었다. 다시 마을로 돌아가야 했다. 호기와 오기에 사로잡혀 앞만 보며 나아가는 동안 우린 당연히 지쳤고 동시에 예민해졌다. 선임이는 더러운데 씻지 못할 때, 나는 배고픈데 먹지 못할 때 날이 선다. 선임이는 여기저기 몸에 붙은 흙먼지가 불쾌했고 나는 몇 시간 전에 먹은 빵이 전부라 텅텅 빈 위장에 괴로웠다. 고만고만하게 무던한 우리가 함께 여행하며 지킨 절대적 우선순위는 위선임의 씻고픔과 김멋지의 배고픔이었는데, 그 둘이 동시에 와버렸다. 최악의 상황이었다. 몸에 힘이 빠진 내가 무거운 다리를 힘차게 뻗지 못하는 동안 선임이는 씻고 싶다는 의지를 연료 삼아 앞서 걸었다. 거리는 점점 벌어졌다. 녀석은 가끔 멈춰 내가 잘 걸어오고 있는지만 확인하고는 다시 앞으로 사라졌다. 다정함도 체력이라고, 점점 표정을 잃었다. 말은 없었지만 그 먼 거리에서도 긴장감이 흘렀다. 화난 게 아니었다. 서로 알고 있었다. 지금 얼마나 씻고 싶을지, 얼마나 배가 고플지. 각자 간절해서 얼마나 양보하고 싶지 않은지. 결국 누구의 날카로운 가시를 먼저 뽑을 것인지가 우리의 히든 퀘스트였다.

한 세 시간을 떨어져 걷다 오전에 들어왔던 입구에서 다시 만났다. 숙소를 나선 지 일곱 시간 만이었다. 요르단의 건조한 기후 때문인지 고된 행군 때문인지 선임이가 생기 없는 눈으로 기다리고 있었다. 어색한 공기를 깬 건 나였다. 샤워부터 하고 밥 먹으러 가자고 말을 걸었다. 녀석은 흙먼지로 버석거리는 입을 뗐다. 연신 아니라고 자기도 배고프다고 식당에 가자고 말했다. 마지막 힘을 짜내 숙소까지 끌고 갔다. 다행히 아침에 만났던 청년의 배려로 우리가 썼던 방은 비어 있었다. 페트라가 이렇게 큰지 몰랐다며 고맙다고 말하곤 선임이를 욕실에 넣어버렸다. 그랬다. 우린 끝까지 어리석었다. 선임이는 씻고, 나는 먹고, 각자 하고 싶은 걸 하면 됐을 것을. 그래도 이날 벌어진 모든 일은 우리가 잘 살 수 있다는 증거였다. 같이 멍청했고, 누구를 탓하지 않았고, 서로를 찌를 것 같으면 한발 물러섰다. 예상치 못한 일에 짜증 내는 대신 그마저도 함께 즐길 수 있다면 같이 사는 데에 전혀 문제없을 것 같았다.

하지만 헌 집에 새 동거를 시작하며 여행과는 확실히 다른 일상을 맞았다.

'어머, 얘는 휴지 뜯는 쪽을 벽에 붙도록 거네? 타일 습기에 휴지가 젖을 텐데.'

휴대용 휴지나 게스트하우스에서 준비해준 대로만
휴지를 써서 몰랐다.

'저 긴 머리와 몸뚱이를 실컷 닦고 젖은 수건을 다시
걸어놔?'

각자 스포츠 타월 한 장으로만 닦고, 감고, 빨고, 말리
느라 몰랐다.

'샤워할 때 욕실화를 따로 빼놓네? 난 신고 샤워하
는데?'

공용 욕실이라 늘 슬리퍼를 신고 씻으러 가서 몰랐다.

'기름 양념이 벌겋게 묻었는데 그릇을 겹쳐서 개수대
에 넣는다고?'

삼시 세끼 차려 먹었던 게 아니라 눈여겨본 적 없
었다.

어찌 보면 사소해서 말하기조차 좀스러운 것부터 여
태껏 잘 살아온 서로의 생활방식을 부정하고 싶을 만큼
의 차이가 하나씩 쌓였다. 가랑비가 빤쓰까지 싹 적시
듯, 우리가 잘 살 거라는 확신은 어떤 기별도 없이 의심
이 되었다. 우리, 잘 살 수 있을까?

세모와 네모 바퀴가 달린 자전거

당혹스러웠다. 둘이 떠났다 하나만 돌아오기도 한다는 여행을 718일간 함께했다. 그중 서로 다른 나라에 있었던 한 달 빼고, 따로 산책할 때 빼고, 전날 먹은 똠얌 국수가 눈앞에 아른거려서 혼자 먹으러 갔을 때, 와인의 고장에서 떡볶이를 만들어 먹겠다고 밀가루 사러 야밤에 뛰쳐나갔을 때를 빼도 긴 시간이다. 살면서 누군가와 같이 있었던 시간만을 순수하게 계산하면 선임이는 가족 바로 다음일 것이다.

삼시 세끼 같이 먹어 식성도 훤하다. 위선임은 향에 민감해 태국에선 "마이 싸이 팍치(고수 빼주세요)"를 입에 달고 다녔다. 혹 셀러리같이 향이 강한 채소나 향신료가 잔뜩 묻은 고기가 나오면 내가 다 먹어버린다. 괜히 성질머리를 부린다 싶을 때 초콜릿 맛 나는 단것을 입에 넣어주면 금세 잠잠해진다. 비상약처럼 늘 구비해두면 좋을 것 같지만 배낭에 넣어두는 대로 먹어치우며 헤벌레 웃기 때문에 신선식품처럼 때마다 사면 된다. 잠자다 갑자기 말을 걸면 내버려둬야 한다. 놀라울 만큼 정확한 발음으로 말하는데, 잠꼬대다. 관심 있는 남성과 대화할 땐 평소보다 목소리가 3도 정도 높아지고 접속

사나 어미를 길게 늘여 말한다. 꼴 보기 싫지만 암컷에게 잘 보이기 위해 입천장 주머니를 밖으로 꺼내 부풀리는 수컷 단봉낙타보다는 보기 편하다. 자연스러운 때를 골라 쓱 자리를 피해주면 서로 좋다.

별일을 함께 겪었다. 산티아고 순롓길을 걷다 사이좋게 오금과 무릎이 나가는 바람에 절뚝거리며 무릎 보호대를 찾아 헤맸다. 호주에서 워킹홀리데이 비자로 돈을 벌던 중 내가 허리를 삐끗했을 때 선임이는 누워 있는 내게 아침밥을 먹여주고 여행경비를 더 벌어 오겠다며 혼자 딸기 농장으로 나갔다. 선임이가 인도에서 충수염에 걸린 적도 있었다. 결국 충수가 터져 위험했던 수술을 마친 뒤, 옆구리에 피 주머니를 달고 며칠째 괴로워하는 녀석의 머리를 손수 감겨주기도 했다. 지갑을 소매치기 당해 경찰서에서 하루를 보냈던 스페인에서도 숙소에 돌아와 1유로짜리 종이팩 상그리아를 마시며 우린 웃었다.

그저 2년이라는 시간으로 표현하기엔 가볍다. 지질하고 못난 모습까지 다 보여줘서 잘 보일 필요도 숨길 구석도 없는 사람, 어쩌다 감정이 서늘해져도 피할 곳 없어 결국 숙소에서 다시 만나야 하는 사람, 낯선 나라에서 낯익은 딱 한 사람. 그만큼 녀석을 잘 안다고, 우린 잘 맞는다고 생각했다. 그래서 더 당혹스러웠다. 길 위에서 배낭을 멘 선임이와 집 안에서 앞치마를 두른 선임이는 달랐다. 이걸 여태 왜 몰랐지 싶을 만큼 새로운 모습이 튀어나왔고 문득문득 어긋났다. 지난 여행을 돌아봤다.

우리는 집이 없었다. 한 도시에서 짧게는 하루, 길게는 한 달, 다양한 숙박 형태를 이용했다. 제집이 아니라 관리에 필요한 일이 간결했다. 우편함에 꽂히는 고지서 따윈 없었다. 개수대에 설거짓거리를 쌓아둘 일도, 욕실에 화장지를 채워넣을 일도 없었다. 씻고 닦을 게 내 몸뚱이 하나라 사는 게 심플했다. 40리터 배낭 안에 들어있는 생존을 위한 짐과 그래도 인간다운 품위를 유지할 손톱깎이 같은 게 전부였다. 내 만족을 담기에 40리터는 턱없이 작았고 당연히 우선순위가 생겼다. 절대 포기못 할 거라 여기던 것도 어깨를 짓누르다보면 미련 없이 보내줄 수 있었다. 배낭에 최소한의 취향만 남겨둬서 어딘가 좀 모자란 게 디폴트, 크게 거슬리지 않으면 오케이! 함께 쓰는 샴푸나 선크림을 고르는 데 애써 의논할 필요도 없었다. 기준은 향기도 피부 타입도 아닌 가격이었다.

다시 우리가 사는 집으로 눈을 돌렸다. 요란스레 돌아가는 세탁기, 빨래 건조대에 널린 걸레, 밀폐용기에 1인분씩 나눈 밥, 국자와 뒤집개가 주렁주렁 달린 조리 도구 세트, 충전선이 어지럽게 꽂힌 멀티탭, 두 사람 옷 무게에 봉이 휘어버린 행거, 가득 차다 못해 입이 벌어진 재활용 박스……. 분명 사치품이 아닌 살림살이다. 숨만 쉬어도 어쩔 수 없이 배가 고프고 몸에 먼지와 기름이 엉겨붙고 곳곳에 터럭이 쌓였다. 입고, 먹고, 씻고, 자는 공간을 제대로 유지하는 건 단순하지 않았다. 우리의 차이는 대부분 집안일에 있었다. 녀석이 변한 것도, 잘 숨겨온 것도 아니었다. 그저 우리 집이 처음이었다.

집안일은 단어 그대로 집 안에서 살림을 꾸려나가기 위한 일이다. 집마다 살림살이는 엇비슷하지만, 관리하는 방법은 저마다 다르다. 각자 나고 자란 집에서 배운 게 있고, 들이는 노력의 정도와 반복하는 주기, 참을 수 없는 기준 등 성향에 차이가 있다. 대체로 누구에게나 좋을 것들과 나에게만 괜찮을 것들로 나뉘는데, 여기서 문제가 생긴다. 전자는 '근거'가 있어 설득할 수 있지만, 후자는 '취향'이라 서로 존중해야 한다.

예를 들어 수저를 통에 넣는 방향이나 화장지 거는 방향, 이불 빨래 주기는 그럴듯한 근거가 있다. 설거지를 마친 수저를 통에 넣을 땐 입에 닿는 머리를 바깥쪽으로 놓고 말리길 권한다. 탈탈 털어 넣어도 물기 어린 부분이 남아 있게 마련이고 통 안에서 겹쳐 있는 동안 세균이 신나게 몸을 불리기 때문이다. 두루마리 화장지는 끝부분이 벽 바깥쪽으로 오도록 거는 게 좋다. 벽에 붙은 먼지와 습기로 인한 오염을 피하기 위해서다. 1891년 두루마리 화장지 특허를 출원한 미국의 세스 휠러 또한 바깥쪽으로 걸어둔 도면을 제출한 걸 보아 제작자의 의도도 그러했다. 매일 덮고 자며 땀 흘리는 이불은 못해도 2주에 한 번씩은 빨아줘야 피부와 호흡기에 좋다고 전문가들은 말한다.

이에 반해 수건 한 장을 언제까지 쓰느냐, 컵 하나를 얼마나 사용하느냐, 밥과 잡곡의 비율은 어떤가는 취향의 문제다. 다시 쓰기 찝찝한 수건의 젖은 촉감, 입 대기 싫은 컵의 비릿한 기운, 차진 쌀밥 사이 씹히는 잡곡의 푸슬한 느낌 같은 건 거슬리기 시작하는 지점을 딱히 수치화할 수 없는 미묘한 감각에서 오는 것들이다.

여기서 또 문제가 생긴다. 이렇게 누구에게나 좋을 것들과 나만 괜찮은 것들을 나누는 기준조차 취향을 바탕에 둔다는 거다. 앞서 예로 들었던 수저 방향, 화장지 방향, 이불 빨래 주기 등은 권장할 만한 근거가 있는 거지 국제기준이랄 게 따로 없다. 그깟 오염과 세균 따위 신경 안 쓴다는 대쪽 '취향'을 가졌다면 존중의 영역이 된다. 반대로 수건과 컵, 잡곡 사용법에도 '근거'가 있다면 설득의 영역이 될 수 있다. 라면 끓일 물을 생수로 쓰는지 수돗물로 쓰는지, 다 먹은 냄비를 쌓아두는지 바로 헹구는지, 식탁을 물티슈로 닦는지 행주로 닦는지, 행주 삶는 냄비를 따로 두는지 아닌지……. 이거, 적자고 들면 사소하고 끝도 없다. 한집에 웃으며 같이 살기 위해선 이 자질구레하지만 쌓이면 재앙이 될 것들을 합의해야 했다.

결국 어떻게 해결했느냐? 무릎을 탁 칠 만큼 현명한 기술은 찾지 못했다. 아직도 어렵다. 녀석의 취향을 배려하지만 내가 불편한 건 싫은데, 서로 얼굴을 붉히지 않을 만큼 양보하고 취하는 게 만만찮다. 흠결 없는 사람들끼리 모여 사는 게 아니니 당연한 일이다. 나와 똑같은 사람과 살아도 짜증날 것 같은데, 하물며 나고 자란 게 다른 사람과 맞춰 사는 건 얼마나 힘겨운 일인지. 그저 조금 거슬리는 건 참고, 참기 힘들 땐 말하고, 그런데도 바뀌지 않으면 어휴, 한숨을 세 번 깊게 쉬고 분노를 삼킨다. 그리고 조용히 주문을 왼다. "쟤도 나만큼 빡쳐." 나에겐 그럴듯한 어떤 행동이 녀석의 성질을 긁고 있을 게 분명하다는 걸 어떻게든 떠올린다. 서로 신경 쓰고 있다는 믿음과 그래도 잘 안 되는 건 어쩔 수 없다는 인류애적 아량으로, 40리터 배낭에서 절대 포기하지 못한다고 생각했던 물건도 결국 보내줄 수 있었던 것처럼 미련 없이.

선임이는 턱에 빵꾸가 났는지 먹을 때 조금씩 흘린다. 과장을 조금 보태 헨젤과 그레텔처럼 바닥의 부스러기를 따라 쫓으면 그 끝에 선임이가 있다. 자리에서 일어날 때 치우면 좋으련만 늘 쿨하게 떠나신다. 나는 성격이 급해 사용하던 물건이 필요 없어진 그 시점, 그 장소에 떨궈버린다. 늘 두던 곳에 없으니 선임이가 필요할 때 찾느라 애를 먹는다.

지난주 아침에 있었던 대화다.

주방 식탁 위

"아이고, 멋지야. 스카치테이프가 왜 여기 나와 있니. 또 여기서 필요 없어졌지, 여기서 필요 없어졌어."

"흐, 흐흐흐, 흐흐. 정신머리 집 나갔네. 제자리에 가져다둘게."

거실 소파 앞

"위선임, 어젯밤에 생라면 부숴 먹었어? 바닥에 면발이 아주 곱슬곱슬하다."

"어어, 크크크. 입이 심심해가지고."

옷방 거울 앞

"아니 여기서도 잡쉈네?"

"어머, 흐흐흐흐. 흐흐. 미안합니다."

함께 산 지 5년이 넘었어도 이렇게 앞뒤로 세모와 네모 바퀴가 달린 자전거처럼 덜그럭거리며 굴러간다. 알고 있다, 몇 번을 말해도 반복될 거라는 걸. 또 알고 있다, 서로를 무시한 게 아니라는 걸. 선임이 열 번 흘린 중에 세 번은 돌아와서 치웠을 거라는 걸 안다. 나도 열 번에 두 번 정도는 썼던 물건을 아무 데나 내려놓다가 흠칫 놀라 제자리로 가져다두었으니까.

웃으며 포기하는 게 많아졌어도 여전히 단전에서부터 짜증이 치밀기도 한다. 그럴 땐 '쟤도 나만큼 빡쳐' 주문도 소용없이 "대! 체! 왜!"가 절로 튀어나온다. 요즘엔 설거지 마친 반찬 통을 정리하는 게 신경 쓰이기 시작했다. 같은 것끼리 겹쳐놓아야 공간을 덜 차지하고 꺼내기도 쉬운데 선임이는 늘 손에 잡히는 대로 넣어둔다. 문을 열면 테트리스가 따로 없다. 얘는 이런 상태로도 잘 살고 있는 데다, 나에겐 크게 귀찮은 일이 아니라 설거지할 때마다 정리하지만 이쯤 되니 같이해주면 좋겠지 싶다. 이 글을 보면 내가 여태껏 애썼다는 걸 자연스럽게 알게 될 텐데. 어? 이거 괜찮다. 가만있어보자. 또 뭐가 있더라……

왕자님이 쓰러졌다

기분이 괜히 가라앉는 날, 요리를 못하는 선임이 술상을 보겠다고 나섰다. 하…… 말려야 되는데. 이 친구로 말할 것 같으면 쌀만 넣고 끓이면 되는 죽도 희한하게 만드는 재주가 있을 정도로 요리에 소질이 없다. 죽이란 무릇 소화가 쉽도록 자잘하게 다진 재료를 약한 불에 뭉근히 끓여내 그 형태가 고요하고 반듯한 것인데, 무엇을 넣었는지 어떻게 끓였는지 모르겠지만 '울퉁불퉁하게' 만들어 나를 놀랜 적이 있었다. 과장이 아니다. 그것은 달의 계곡처럼 '울퉁불퉁했다'. 그런 선임이 눈을 이글이글 태우며 소매를 걷어붙이기에 괜찮다고 잽싸게 손을 저었지만 말려도 소용없었다. 그저 넌 누워만 있으라며 방문을 닫고 나갔다.

밖에서 괴상한 소리가 들렸다. '우지끈, 빡, 땡그랑'에 이어 '옴마야' 같은 소리가 연달아 났다. 무얼 만드는지도 모르겠는데, 그보다도 선임이 만든 그것이 먹을 수 있는 것일까, 하는 의심이 들었다. 한 시간 정도 지났다. 대체 뭘 만들기에 오래 걸리는지, 이 정도면 토종오리백숙을 만들어도 됐겠다 싶은 생각이 들 때쯤 "똑똑!" 노크와 함께 방문이 열리고 위선임이 들어왔다.

"손님! 이쪽으로 오시죠."

그의 팔뚝엔 하얀 행주가 걸려 있었다. 마치 미쉐린 가이드 별 세 개짜리 식당에서 와인을 서빙하는 지배인처럼. 따라 나가서 식탁을 보았다. 낙엽을 볶은 듯 검붉게 마른 김치와 다양한 각도로 썰린 두부, 그 와중에 있어 보이려고 뿌렸지만 결국 애잔해진 깨소금까지. 두부김치를 만들려던 것 같았다. 쌈과 밥이 한데 있으면 쌈밥이라 부르듯 두부와 김치가 한 접시에 나란히 있으니 두부김치라고 말할 수 있을 텐데, 어쩐지 이 음식은 그런 정식 명칭을 주면 안 될 것 같았다. 예의상 접시에 있는 그것들을 두부와 김치라고 부르기로 하고 김치 한 조각을 입에 넣었다. 반전은 없었다. 모자란 생김새만큼 맛도 없었다. 그래도 그 재치는 손뼉을 칠 만했다. 고작 행주 하나로 한 시간의 지루함을 단번에 날려주다니. 요놈, 센스 좀 넘치는데?

얼마 후, 인센스 스틱을 몇 개 선물받았다. 동네 타투이스트 작업실에 놀러 갔을 때 맡아봤는데 이국적인 향만으로 여행지에 온 것 같아 탐이 났던 참이었다. 멋 좀

안다는 힙스터들의 선진문물을 들여온 것 같아 가슴이
두근거렸다.

인센스 스틱은 긴 막대 모양의 향료반죽을 태워 피
어오르는 연기의 모양과 잔향을 즐기는 제품으로, 스틱
을 세울 수 있게 하단부를 고정해주는 홀더가 필요했지
만 그런 게 집에 있을 리 없었다. 위선임과 머리를 맞댔
다. 쌀을 채워 그릇에 꽂을까? 그건 너무 제사상 같고.
사무용 집게로 집을까? 무게중심이 무너져서 자꾸 쓰러
지네. 그렇다고 성화 봉송하듯 스틱을 태우는 내내 손에
들고 다닐 순 없는 노릇이었다. 뒤져봤자 내가 아는 것
밖에 없는 집이지만 온 집을 들쑤시기 시작했다. 나 김
멋지, 방법을 찾아내리라. 이국적 향기와 감성으로 우리
집을 채우고 말 것이다. 그 순간 재활용하려고 빼둔 달
걀판 뚜껑이 보였다. 저거다!

30알들이 달걀은 종이로 된 밑판과 투명 플라스틱으
로 된 뚜껑에 포장되어 있다. 달걀 하나씩 감싸는 반구
마다 구멍이 하나씩 뚫린 뚜껑이었다. 그 구멍에 인센스
스틱을 하나 꽂아 비스듬히 기울였다. 그럴싸했다. 스틱
에서 떨어진 재가 플라스틱 뚜껑을 녹이지 않도록 도자

기 접시를 스틱과 뚜껑 사이에 받쳤다. 더 그럴싸했다. 스틱 끝에 불을 붙이고 조금 기다리자 벌겋게 타던 불이 퐁 꺼지며 연기가 스르륵 오르기 시작했다. 붉은 궁서체로 쓰인 '왕란' 종이 라벨 위로 먼 나라에서 맡았던 향기가 살랑거렸다. 으스대고 싶어 팔짱을 끼고 보란 듯이 위선임을 불렀다. 선임이는 높게 쳐든 엄지로 내게 존경을 표했다. 봤지? 나도 어디 가서 재치깨나 뽐내는 사람이란 말이지. 안 그래도 듬직한 어깨가 조금 더 두툼해졌다.

언제부턴가 아늑하고 허름한 이 집에서 위트, 센스, 재치를 보인 사람이 보잘것없는 명예와 지위를 갖는 분위기가 생겼다. 서로 이것만은 지지 않겠다는 각오가 이글거렸다. 클라이언트와 미팅이 있던 오전이었다. 일을 같이하니 외출도 귀가도 함께였다. 좁은 방에서 머리 말리랴, 옷 고르랴 복작거리면 정신없기 일쑤라 준비 시간이 긴 선임이가 먼저 씻고 다음에 내가 씻었다. 각자의 화장품과 향수를 넣어둔 철제 트롤리 때문에 반만 열리는 옷방 문을 열고 몸을 비스듬히 집어넣었다. 선임이가 머리를 말리고 있었다.

방에는 전신 거울 하나와 반신 거울 하나가 나란히 있다. 머리부터 발끝까지 매무새를 볼 사람은 전신 거울, 눈썹에 선크림이 뭉치진 않았는지 국소 부위만 확인할 사람은 반신 거울. 서로 부딪치지 않고 용도에 알맞게 쓰기 위해선 나름의 전략이 필요하다. 포메이션은 이미 몸에 익혔다. 게걸음으로 옆으로 갔다, 뒤로 물러섰다, 센터로 치고 나가다보면 아이돌 춤 동선이 따로 없다.

상의와 하의를 어울리게 골라 입고 대외용 얼굴을 만들던 중이었다. 처음엔 거울이 움직이는 줄 알았다. 이상하다 싶던 순간, 거울에 비친 벽이 다가왔다. 사람이 위급상황이 닥치면 슬로모션으로 볼 수 있다더니, 높은 파도가 일정이듯 옷더미가 느리게 밀려오더니 이내 앞이 어두워졌다.

어? 어! 어어어어!!

허리를 일으켜 등에 얹힌 옷더미를 떨궜다. 왕자님이 넘어졌다. 우리 집에서 가장 귀한 이름을 가진 '왕자 행거'. 바닥과 천장에 닿게 수직으로 세워둔 고정식 2단 행거이자 이 집에서 유일하게 새로 산 가구였다. 그걸 가구라고 부를 수 있다면 말이다. 선임이를 찾았다. 다행히 그쪽은 피해가 덜했다. 내가 있는 쪽으로 기울어 쓰러진 듯했다. 놀란 가슴을 달래고 나서야 참혹한 현장이 보였다. 행거의 일부는 거울 밑 서랍장에 겨우 걸쳤고, 나머지는 쓰러져 옷이 바닥에 산처럼 쌓였다. 곧 다가올 강추위에 대비해 두툼한 외투를 꺼내 걸었더니 무게를 못 버텨 일어난 참사였다.

얼른 준비하고 나가야 되는데 야단났다. 우선 따로 떨어져나온 봉 하나와 거기에 겨우 매달린 옷을 거실로 옮겼다. 거울 앞에 두 사람이 설 수 있는 자리가 생겼다. 봉과 옷이 소용돌이치는 태풍의 눈 한가운데에서 뭘 어떻게 해야 할지 몰라 선임이를 봤다. 녀석은 벌써 평온한 얼굴로 수분크림을 찍어 바르고 있었다. 아침밥에 우황청심원으로 만든 장아찌를 씹어 먹었나. 방금 행거가 무너졌는데? 나 그 밑에 깔렸었는데? 전사의 심장을 지닌 듯 담대한 녀석에게 질 수 없어 거울로 바짝 붙었다. 나도 얼른 클라이언트가 염려할 수준이 아닌 정도의 안색을 만들어야 했다.

딱 노력한 만큼 괜찮아졌다. 인풋 아웃풋이 자판기만큼 아주 명확하다. 선임이라고 다를 건 없었다. 내 손으로 만들 수 있는 안색은 임계치에 다다른 것 같아 화장은 그쯤에서 그만두고 겉옷을 골랐다. 여기서 '골랐다'는 건 가진 옷 중에서 무엇이 잘 어울릴까가 아니라 집어 들 수 있는 옷 중에서 어떤 게 덜 구릴까를 가리는 일이었다. 팔짱을 끼고 옷더미를 바라보다 선임이에게 원색의 고어텍스 바람막이를 권했다. 입고 있는 베이지색 원턱 슬랙스와 믹스매치하면 단숨에 보고서를 써내려갈 듯한 사무적인 인상과 언제든 산에 올라갈 듯한 활동적인 느낌을 동시에 줄 수 있을 거라고 했다. 도전하는 리더의 모습을 원한다면 이런 선거유세룩이 제격이라고 덧붙였다. 일리가 있다는 표정으로 고개를 끄덕이던 녀석은 밀림의 왕과 댄스 배틀도 가능할 법한 페이크 퍼 재킷을 내게 추천했다. 날씨에 아직 이르긴 해도 트렌드를 이끌어나가는 인플루언서처럼 보여 클라이언트의 신뢰가 높아질 거라 했다. 난장판에서 우정이 피어났다.

"왕자님, 다녀와서 일으켜드릴게."

"편하게 누워 계셔."

왕자님께 인사하고 집을 나섰다. 갑자기 행거가 무너지고, 방은 엉망이 되고, 손에 잡히는 겉옷을 입고 나가기까지 자연스러웠다. 가진 옷이 죄 방바닥에 고꾸라진 게 설거지 쌓이는 것처럼 대수롭지 않았다. 시간이 모자란데 누구 하나 신경이 곤두서지 않았다. 서로 더 나은 드립을 찾는 게 중요했다. 기분조차 상쾌했다. 뭐랄까. 이상한 놈인데, 잘 맞는다. 얘랑 사는 동안은 오늘처럼 웃겠지. 언젠가 할머니가 되어 가장 좋아하는 꽃무늬 바지를 입고 밤막걸리를 병째로 홀짝이며 함께 키득거리는 상상을 했다. 역시, 좋다.

19,900원짜리 수건

2,000/40

이미 수년 전부터 재개발에 대한 기대가 넘실거리던 한남동 언덕배기 다세대주택 201호, 우리가 계약한 노 옵션 투룸의 '보증금/월세'다.

1,000/20

집과 사무실을 겸하며 두 사람이 살기로 했으니 한 사람이 감당해야 할 '보증금/월세'다.

1,000

1,000이라 적지만 부동산 시장에서 10,000,000원으로 통한다. 사회생활을 꾸준히 하며 저축한 여느 30대에겐 소소한 금액일 수 있다.

10,000,000

여행을 마친 후 빈손으로 다시 시작해 새 밥벌이에 도전하여 악착같이 모으고 융통한 돈이다. 실물로 손에 쥐어본 적 없는 액수, 집주인 통장으로 보내자 아무렇지 않게 사라진 숫자.

언제나처럼 잔고가 아찔해졌지만 감사하게도 행운이 따랐다. 옵션이라고는 하나 없는 집을 채울 큰 살림 대부분을 전에 살던 세입자에게 한꺼번에 살 수 있었다. 통돌이 세탁기, 키보다 작은 냉장고, 더블 사이즈 침대 두 개, 벽걸이 에어컨, 4인용 식탁, 가스레인지, 전자레인지. 이 모든 것이 100만 원! 100만 원!! 100만 원!!! 고시에 합격해 풀 옵션 집으로의 이사를 앞둔 전 세입자의 너른 마음이었다.

각자 부모님 집을 떠나 한 지붕 아래 들어선 날이 기억난다. 온기 없는 집에 멀겋게 서 있자니 현실이 밀려왔다. 언제든 퍼낼 수 있는 흰쌀 가득한 쌀통과 각가지 반찬으로 가득한 냉장고는 더 이상 없었다. 꼬박꼬박 통장에 꽂히는 월급이 없는 프리랜서의 삶에 숨만 쉬어도 빠져나가는 휴대폰비, 보험료는 물론 가스, 전기, 수도 요금과 식비까지 따라붙었다. 먹고, 쓰고, 자는 것까지, 그 모든 게 실시간 돈으로 환산되는 삶이 시작되는 순간이었다. 마치 지난날의 여행 같았다. 더 이상 조를 것도 없어 뵈는 허리띠를 꽉 매야만 했다. 하지만 인간이란 욕망하는 동물이 아니던가. 우리는 공통된 욕망을 품었고 그 욕망은 의아하고 소박했다. 그것은 바로, 어떤 글씨도 없는 도톰한 수건이었다.

여행하는 2년 동안 버석거리는 스포츠 타월 한 장으로 몸을 닦고, 머리를 말리고, 빨래의 남은 물기를 짰던 터다. 가끔 다인실 게스트하우스가 없어 돈을 더 주고 2인실에 묵어야만 숙소에 비치된 도톰한 수건으로 온몸을 구석구석 닦을 수 있었다. 너무 좋아 몸에 한참을 두르고 있기도 했다. 우리에게 '도톰한 수건=넉넉한 삶'이라는 공식이 생겼다. 비록 다음 주 식비가 모자랄지언정 당장 수건만은, 보송한 그것 하나만은 번듯하게 장만하고 싶었다. 몸을 대자마자 물기가 달아나 값비싼 호텔 방에서 샤워를 마친 듯 호화로운 것, '2015 ○○체육대회 증정'이라는 파란 궁서체 따위 없는 것, 죄 얻어온 살림살이의 현실에서 잠깐 벗어날 수 있게 하는 것. 우리에게 새 수건은 그런 의미였다.

전 세입자에게 100만 원 주고 일괄 구매한 '너른 마음 세간살이 세트'를 빼고도 우리의 살림살이 대부분은 남이 준 물건이었다. 작업용 책상은 잡지사를 운영하는 친구 회사에서 쓰지 않는 것, 냄비와 그릇은 어느 마음 넓은 독자님의 동생이 주방을 정리하며 내놓은 것, 진공청소기와 헤어드라이어는 고물나라를 운영하는 동네 주민이 급한 대로 이거라도 쓰라며 나눠준 것이다. 청소기는 차량용이라 흡입구가 좁아 먼지를 빨아들일 때면 장판의 마루 무늬를 벼루에 먹 갈듯 한 조각씩 비벼야 했고, 헤어드라이어는 작은 여행용이라 봄바람처럼 살랑거려 단발머리를 말릴 때조차 팔이 저리도록 들고 있어야 했다. 배낭 속 짐이 전부였던 여행을 오래 했기에 이런 모자람에 익숙했다. 제 살길 관리도 버거운 우리의 집 안 구석구석을 주변의 선의로 채울 수 있다는 건 얼마나 감사한 일인가.

그래도 가끔은 고단했다. 돈 빠져나갈 날은 정해져 있는데 돈 들어올 구멍이 널뛰는 프리랜서의 삶이 그렇듯 가계 계획은 한 달 단위가 아닌 최근 일한 업체에서 돈 주는 날로 때마다 조정됐다. 어쩌다 담당자가 제때 결재를 못 올리면 짧게는 일주일, 길게는 한 달간 지급이 밀렸다. 그럴 땐 비상이다. 계획이고 뭐고 퍼즐 끼워 맞추듯, 맞출 조각도 없다면 뻥 뚫린 채로 살아야 했다. 넉넉지 않았지만 누구에게 폐 끼치지 않았고 죄짓지 않았다. 없는 만큼 감당했으니 부끄러울 건 없었다. 그 와중에 새 수건을 사고 싶다는 생각은 애써 밟아도 잡초처럼 살아났다. 지급일이 몰려 숨통이 좀 트인 달에는 어김없었다.

수건이란 게 참 요상하다. 없으면 어떻게든 살 텐데, 늘 집에 있다. 심지어 많다. 기념, 개업, 모임, 대회 답례품으로 제작된 것을 받아 계속 늘어나기까지 한다. 각자의 본가에 그런 새 수건들이 대기하고 있었고, 모두 좋은 것이었다. 이삿날 넉넉히 챙겨온 덕분에 얼굴을 닦을 때마다 조카의 생일을 확인하고, 아버지의 고향을 되새겼다. 뻔히 집에 수건이 있는데 새로 살 순 없었다. 더 급한 생필품이 제 구매 차례가 되기를 기다리고 있었다.

일 년이 지나도 집에 있는 수건은 각자 본가에서 들고 왔던 그대로, 한 장도 줄어들지 않았다. 고장이라는 개념이 없는 친구라 버려야 할 때를 '낡았다'라는 주관적인 판단에 기대야 하니 그럴 수밖에. 구멍 하나 없이 멀쩡한 수건을 탁탁 털어 건조대에 널면서도 수건을 사고 싶다는 생각이 고개를 쳐들었다. 이놈의 욕망은 참 염

치도 없지. 그러던 중 우연히 수건의 권장 사용 기간이 1~2년이라는 글을 읽었다. 드디어 찾았다! 사야 할 그럴 듯한 명분! 어떻게든 사고 싶은 자의 자기합리화든 뭐든 알 게 무어야.

'수건'을 검색하자 별의별 수건이 좌락 펼쳐졌다. 어디 보자. 코마사, 뱀부얀…… 이게 뭐야? 헤링본, 스트라이프, 와플 무늬…… 음? 100그램, 150그램, 170그램, 200그램…… 고기도 아니고 뭘 이렇게 나눠 팔아? 생소한 소재는 물론이고 다양한 무늬와 중량의 수건이 저마다 뽐을 냈다. 태어나서 한 번도 제 돈으로 수건을 사본 적 없던 우리가 만난 수건의 세계는 광활했다. 그렇다고 구매 평 많은 순으로 정렬해 맨 위에 있는 수건을 덥석 고를 순 없었다. 최소의 돈으로 최고의 품질과 그 이상의 만족을 찾고 싶었다. 이를 물고 제품 설명과 후기를 뒤졌다. 웹페이지가 아니라 종이였다면 아마 닳았을지도 모르겠다. 알아낸 정보를 정리하자면 소재는 관리 및 품질, 무늬는 취향, 중량은 두툼한 정도였다. 우리의 로망에 가까운 조건으로 좁혀나갔다. 그렇게 새 수건은 39개국이 선택한 프리미엄 호텔 수건 브랜드의 170그램 스톤그레이 컬러 코마사 수건으로 결정됐다. 10장, 19,900원, 무료 배송.

수건이 우리에게 온 첫날, 박스 테이프를 조심스레 잡아떼어 수건을 꺼냈다. 두꺼울수록 건조가 어렵다기에 심혈을 기울여 고른 건데 충분히 도톰했다. 잘됐다. 동봉된 종이에 적힌 세탁법 그대로 한 번에 5장씩, 울 코스로 섬세하게 빨아 건조대에 널었다. 수건이 촘촘하게 스톤그레이빛으로 드리워진 건조대는 여느 때보다 기품 있었다. 둘째 날, 수건이 마르는 사이 '호텔 수건 접는 법'을 익혔다. 어느 하나 허투루 할 수 없었다. 셋째 날, 건조한 수건을 요렇게 접고 저렇게 접고 돌돌 말아 욕실장에 가지런히 넣었다. 이제 남은 건 샤워뿐이었다.

오직 수건을 쓰기 위해 씻었다. 일부러 물이 뚝뚝 떨어지는 머리칼을 털지도 않았다. 수건을 꺼냈다. 도톰, 보송, 포근. 손에 쥘 때부터 전율이 일었다. 몸에 대자마자 물기가 사라졌다. 다리, 몸통, 팔, 머리를 다 닦도록 짜릿했다. 구름으로 문지르는 것 같았다. 마릴린 먼로는 샤넬 넘버 5만 입고 잤다던데, 난 수건만 덮고 잘 수 있을 것 같았다. 거실에 나와 맨몸으로 수건을 펄럭이며 탈춤을 췄다. 나더러 적당히 하라고 비웃던 선임이도 결국 별수 없었다. 그날 저녁, 긴 머리와 몸뚱이를 다 닦고도 수건에 아직 마른 부분이 남았다며 내게 수건 좀 만져보라고 흥분한 걸 보면. 그 19,900원이 뭐라고. 이렇게 좋은데, 왜 이제껏 못 썼나!

어릴 적 봤던 한 연예인의 인터뷰가 생각났다. 프로그램 제목은 기억나지 않지만 스타의 집을 찾아가는 코너였다. 인터뷰어는 그에게 돈 벌어서 가장 좋은 게 뭐냐고 물었다. 배경에 나온 집이 한눈에 봐도 넓고 비싸 보였기 때문에 대단한 무언가를 예상했지만 돌아온 답은 이랬다.

"욕실에서 비누를 두 개 써요. 세면대에 한 개, 욕조에 한 개. 이렇게."

비누 하나로 세면대와 욕조를 오가느라 불편했는데 지금은 두 개를 따로 두고 쓴다고 했다. 비누를 보여주느라 신이 난 그의 눈을 보고 김이 팍 샜다. 피, 저게 뭐야. 우리 집만 해도 명절 선물 세트로 들어온 비누, 엄마가 화장품 사고 받은 비누, 엄마 친구가 화장품 살 때 옆에 있어서 받은 비누가 잔뜩 있었다. 어찌나 많은지 그 중 향이 좋은 비누는 옷장 서랍마다 넣어 옷에 향이 배도록 두기도 했다. 비누, 거 뭐 얼마나 귀하다고. 입을 삐죽이며 생각해보니 우리 집 욕실엔 비누가 한 개 있었다.

왜 갑자기 그 기억이 났을까. 누군가에겐 별거 아닌 수건이 우리에겐 소중했다. 그의 비누가 우리에겐 수건이었다. 수건 좀 산다고 살림살이 망하는 거 아닌데. 돈을 많이 벌어야만 살 수 있는 게 아닌데. 마음이 가난해서 이 좋은 걸 미뤘다. 그렇게 그리던 넉넉한 삶은 19,900원으로 살 수 있었다.

이제 우리는 갑 티슈를 방마다 둔다. 쓸 때마다 찾으러 가지 않아도 되니 좋다. 수저도 네 벌 더 샀다. 설거지가 몇 번 밀려도 거뜬하다. 사계절 핸드크림을 달고 사는 선임이는 여러 개 사서 손이 닿는 테이블마다 올려두고 가깝게 집히는 대로 바른다. 돈을 차고 넘치게 벌어서 마구 지르는 게 아니다. 자신에게 쓰는 마음을 가난하게 내버려두지 않는 너그러움과 그걸 소중하게 여길 줄 아는 자신에 대한 믿음이다.

9 누룽지통닭

유자청같이 노란 8월의 햇빛이 목덜미에 들러붙었다. 끄은적! 벌겋게 익은 팔뚝을 휘두르며 집으로 향했다. 에어컨을 살려야 했다. 금요일인 어젯밤, 친구 집에서 막걸리를 한잔 걸치다 집에 있던 선임이에게 에어컨이 고장 났다는 비보를 들었다.

토요일 아침, 현관문을 여는 동시에 무거운 공기가 훅 끼쳤다. 어째 집 안이 바깥보다 더 뜨겁다. 선임이는 출근해 집에 없었다. 우선 바지와 속옷을 벗었다. 땀에 젖어 밧줄처럼 돌돌 말려버린 옷가지를 털어 빨래 통에 넣었다. 가장 얇고 짧은 옷으로 갈아입고 비장하게 거실로 나섰다. 얍! 리모컨에 기합을 넣은 뒤 에어컨 전원 버튼을 눌렀다. 화로에서 방금 꺼낸 군고구마를 먹은 사람처럼 따뜻한 입김이 송풍구에서 불어왔다. 그마저도 10분이 지나자 절로 꺼졌다. 네이버의 조언대로 두꺼비집을 내리고 20분 있다가 다시 올린 뒤 전원을 켰다. 마찬가지였다. 거실 전력이 약해서 그런가. 멀티탭 두 개를 연결해 안방에서 전기를 끌어왔다. 이번엔 리모컨에 애절함을 담은 뽀뽀를 날린 뒤 전원 버튼을 눌렀다. 아까보다 조금 식은 입김이 나왔다. 오? 이렇게 해결되는 것인가? 선임아, 내가 고쳤다! 나다! 나야! 우리 집의 빛과 소금! 10분 뒤, 에어컨이 꺼졌다. 에잇, 꺼져!

　나름 전투적이었던 처음의 기세가 더위에 한풀 꺾여 소강상태를 맞았다. 꺼져 있는 에어컨을 멍하니 바라봤다. 깜빡, 깜빡, 깜빡, 깜빡, 깜빡, 깜빡, 깜빡. 전원 LED 램프가 깜빡였다. 잠시 멈췄다가 다시 깜빡, 깜빡, 깜빡, 깜빡, 깜빡, 깜빡, 깜빡. 정확히 세어보니 일곱 번이었다. 말 못 하는 저 물건이 나에게 신호를 보내는 것 같은데, 제조사 공식 웹사이트를 뒤져도 증상에 대한 설명은 없었다. 서비스 센터의 상담 마감 시간이 아슬아슬하게 남았기에 급히 전화를 걸었다. 오늘 이 사태를 해결하고 말리라. 상담원은 램프의 깜빡임이 어디가 고장 났는지 알려주는 오류코드라고 했다. 대체 다섯 번도 아니고, 여섯 번도 아니고, 일곱 번 깜빡이는 게 무슨 뜻인지 물었지만 그는 이리저리 둘러대다 무슨 코드인지 당장은 알 수 없다 고백했다. 보잘것없는 기립근과 가슴골을 타고 땀이 흘렀다. 어휴, 더워. 수리 기사님은 월요일에나 연락이 가능하대서 일단 전화를 끊었다.

이제 한국은 '봄, 여어어어름, 갈, 겨어어어울' 2계절이 뚜렷하다. 여름엔 옥상의 녹색 방수 페인트가 녹아 배관을 따라 흐르고 겨울엔 마트 야외 매대에 아이스크림이 당당히 자리한다. '이례적인' '100년 만의' '혹독한' '역대급' 따위의 수식어가 붙은 뉴스기사의 헤드라인이 매번 갱신된다. 예년과 다른 올여름 헤드라인은 '사상 첫 6월 초열대야'였다. 기상청이 관측을 시작한 이래 처음으로 서울에 열대야가, 강릉엔 초열대야가 발생했단다. 그것도 6월에 말이다. 매년 더 덥고 매해 더 추워지는 요지경 세상에서 에어컨은 엄연히 필수 가전이 되어버렸다. 더군다나 단열 따위 모른다는 듯 창이 헐거운 오래된 집에선 더더욱.

어젯밤, 내가 친구네 집에 피신해 있는 동안 혼자 이 더운 집에서 버텼을 선임이가 그려졌다. 얼마나 괴로웠을까. 딱한 것. 샤워를 열댓 번 했다더니 에어컨 없인 정말 덥네, 우리 집. 자세를 바꾸기 위해 양반다리로 앉았던 한쪽 무릎을 세우자 오금을 적신 땀 때문에 종아리가 미끄러졌다. 시방 나는 거대한 땀덩어리구나. 숨이 무거워 목구멍에 턱턱 걸렸다. 온몸이 끈적였다. 창밖에서 매미가 빽빽 울었다. 에어컨은 어디가 잘못됐는지도 모르겠다. 이대로 손 놓고 월요일만 기다릴 순 없었다. 아직 방법이 남아 있었다.

사설 수리 업체! 공식 AS는 아니지만 잘하면 오늘 내에 오실 수 있을 테다. 모바일 지도 앱에서 '에어컨 수리'를 검색해 가장 가까운 곳으로 전화를 걸었다. 기사님은 '두 시간 내로 방문, 출장비는 수리 여부와 관계없이 3만 원, 에어컨 가스 충전은 8만 원'을 랩처럼 외셨다. 얼떨결에 수락하고 집 주소를 문자로 보내자 제정신이 들었다. 가스 충전비가 8만 원이면 다른 수리비는 대체 얼마야. 감도 안 잡혔다. 안 그래도 이번 달에만 청첩장을 세 개 받았는데, 돈 쓸 일은 신나게 느는구나. 돈 걱정 없이 축하하는 삶을 살고 싶은데, 집에 뭐 고장 났다는 소리만 들어도 통장 잔고가 먼저 떠오르는 삶이여.

보통 방문 수리 비용은 표로 정리된 것이 없어 도무지 예측할 수 없다. 하긴 정리된 표가 있다 한들 무엇이 고장 났는지 알 수 없으니 계산도 못 하겠다. 횟집의 도다리 시가처럼 부디 귀여운 금액이 나오길 바라고 바라다 예상보다 큰 금액이 나와도 그저 받아들여야 한다. 대부분 정직한 분들이겠지만 못된 마음을 먹자면 이것저것 수리비를 얹는 건 일도 아닐 거다. 기사님을 기다리는 동안 바가지 안 쓸 방법을 익히기로 했다. 할 수 있는 게 그것밖에 없었다. 현직에 계신 기술자가 써놓은 글을 찾아 읽었다. 비전문가인 고객이 속기 쉽다는 냉매 가스 충전에 대한 내용을 집중적으로 팠다. 가스 게이지 읽는 법도 익혔다.

약속한 시각에 맞춰 기사님이 오셨다. 그는 바깥보다 집 안이 더 덥다며 허허 웃으셨다. 맞아요, 저도 같은 생각을 했답니다. 처음 만난 두 사람은 스몰토크를 그 정도로 마치고 바로 본론에 들어갔다. 기사님은 에어컨 전원을 켜고 실외기 앞에 서더니 2분도 안 되어 진단을 내리셨다. 기동 콘덴서 고장이라 했다. 잠시만요. 제가 공부한 건 가스 충전인데요.

이어 수리비가 14만 원이라는 말에 입이 떡 벌어졌다. 비싸다. 비싸긴 비싼데, 이게 14만 원이라는 게 비싼 것뿐이지, 수리비로 비싼 값인지는 모르겠다. 깝죽거리지 말고 월요일까지 기다릴걸 그랬나? 기동 콘덴서? 살다 살다 처음 들어봤는데 수리비가 어느 정도인지 알 턱이 없지. 14만 원. 수리하면…… 음…… 7누룽지통닭이다. 요즘 매주 한 번씩 2만 원짜리 장작구이 누룽지통닭을 먹어댔더니 이 상황에서도 화폐의 가치가 누룽지통닭으로 환산된다. 자는 거 다음으로 먹는 게 제일 좋은 몸뚱이에 달린 뇌가 하는 짓이란. 수리비가 비싸다고 안 고치면 출장비만 3만 원을 드려야 했다. 기사님의 시간을 쓴 것이니 마땅히 드려야 할 돈이지만 그건 1.5누룽지통닭이고. 하…… 모르겠다. 땀을 하도 흘려서 판단력을 잃었나. 잠시 양해를 구하고 선임이에게 전화를 걸었다. 녀석은 바쁜지 받지 않았다. 기사님은 땀을 뻘뻘 흘리며 내 입이 떨어지기만을 기다리고 계셨다. 계획에 없던 가계 지출을 혼자 결정해야 했다.

"어떻게 해? 힝."

"……네, 고쳐주세요."

"어머, 진짜?"

두 사람의 대화 같지만 놀랍게도 모두 한 사람의 말이다. 내 입에서 고쳐달라 뱉은 말에 내가 놀라 나에게 되묻고 말았다. 기사님도 이런 커뮤니케이션 스킬은 처음

인지 흠칫 놀라 차에 다녀오겠다며 자리를 비웠다. 이상한 사람이 됐지만 당장 그건 문제가 아니었다. 그의 부재로 만들어진 틈에 내 짧은 판단이 옳았는지 확인하고 싶었다. 휴대폰을 꺼내 '기동 콘덴서 수리'를 검색했다. 후기를 적은 사람들의 수리비는 대략 9만 원에서 18만 원까지 다양했다. 기사님이 제안한 가격이 낮은 편은 아니었지만 그렇다고 터무니없이 높은 것도 아니었다. 그래도 그렇지. 최고가와 최저가가 두 배 차이 나는 건 심하잖아요.

곧 부품을 가지고 온 그는 금세 새 콘덴서로 갈아 끼웠다. 더운 바람만 토하던 에어컨이 드디어 찬 바람을 내기 시작했다. 바람과 함께 누룽지통닭 일곱 마리가 공중에 흩어졌다. 그래, 남들 쉬는 더운 주말에 예까지 오신 출장비야. 실외기 돌아가는 소리만 듣고도 뭐가 고장 난 건지 알아내는 기술값이지, 암. 나라면 영원히 몰랐어. 기동 콘덴서가 뭔지 알 게 뭐야. 당장 갈아 끼울 부품도 가지고 계셨잖아. 준비성에 대한 당연한 대가다, 이거야. 뜨거운 선풍기 하나로 밤을 보냈어봐. 멀쩡한 에어컨이 달린 숙소에서 이틀 밤 잔 걸로 치면 싸다 싸. 에

에컨 바람처럼 쿨하지 못하게 이 지불에 대한 가치에 집착하는 걸 보니 역시나 타격이 컸나보다.

소금땀에 전 몸을 씻으러 욕실에 섰다. 수전을 올리자 샤워기에서 튀어오른 물이 눈을 찔렀다. 샤워기 머리가 인사하듯 꺾여 연결부위로 물이 삐져나오고 있었다. 어젯밤 피부가 닳도록 샤워했다던 선임이가 성질이 났는지 던져버린 듯했다. 너도 고생 많았구나. 에라, 외식이다. 샤워기는 나중에 고치고 우선 정신건강부터 챙기자고. 퇴근한 선임이와 통닭집을 찾았다. 보통은 한 마리만 먹지만 오늘은 기본 한 마리에, 양파채 토핑 올려 또 한 마리. 오늘 가계지출은 총 9누룽지통닭이다!

다정한 연쇄살초마

전에 살던 세입자는 욕실 모서리 선반에 작은 화분을 남겨두었다. 테이블야자였다. 한 뼘도 안 될 만큼 작았지만 길게 뻗은 이파리를 볼 때마다 휴양지에 온 것 같아 여유로운 기분이 들었다. 매일 샤워할 때 생기는 수증기를 먹는지 물 한 번 안 줘도 쌩쌩했다. 쑥쑥 자라는 것 같지도 않았지만 시들시들 투정 한 번 안 부려서 혹시 잘 만들어진 플라스틱이 아닌가 생각한 적도 있다.

JTBC 예능 「트래블러」의 작가 일을 하며 해외 출장이 길어졌다. 출장 날 아침, 집 안 구석구석이 소란했다. 창문에 걸쇠가 꽉 걸렸는지 여닫느라 덜컹덜컹, 가스 밸브가 잘 잠겼는지 가스레인지의 불을 댕기느라 타다다닥, 냉장고를 뺀 나머지 전자제품의 전원 플러그를 뽑느라 턱, 턱, 턱! 일사불란하고 꼼꼼하게 도어록에 잠긴 문을 몇 번씩 당겨보고서야 집을 나섰다.

2주 만에 돌아온 집 현관에서 신발을 벗기도 전에 배낭부터 벗어 던지고 외쳤다. "그래도 우리 집이 최고야!" 마냥 널브러지고 싶었지만 지구 반대편에서 날아오느라 마지막으로 샤워한 지 48시간째였다. 내 기름때로 장아찌가 돼가는 몸부터 씻기로 했다. 꺼둔 보일러 전원을 켜고 온수 조절 버튼을 누른 뒤 노래를 흥얼거렸다. 욕실에 들어가 충격적인 현장을 보기 전까진. 야자의 모습이 확연히 달랐다. 안 그래도 작고 가는 잎과 줄기가 고꾸라져 있었다. 물을 주자는 말조차 나오지 않을 정도로 바싹 마른 상태로 말이다. 씻지도 못한 채 욕실에서 화분을 들고 나왔다. 충격과 슬픔도 잠시, 이것을 어떻게 버려야 할지 고민이 시작됐다.

"선임아, 이거 잎이 꼭 부추 같잖아. 부추는 음식물이니까 음쓰봉에 넣어 버리자."

"야자 잎을 먹나? 채소가 아니잖아? 일반 쓰레기 아닐까?"

"에이, 그래도 풀은 풀이지. 나물무침이나 쌈으로 먹는 사람, 아마존에 있다고 본다."

"이렇게 마른 걸?"

이야기가 결론을 맺지 못해 뱅글뱅글 돌던 끝에 양파를 예로 들었다. 양파의 하얀 속살은 음식물이지만 마른 껍질은 일반 쓰레기로 분류한다. 아무래도 수분이 없으니 일반 쓰레기라고 해야 할 것 같았다. 새 봉투를 꺼내

팡팡 털어 입구를 벌렸다. 화분에서 말라비틀어진 야자 줄기를 잡아당기자 봉투 위로 후드득 흙이 떨어졌다. 목덜미가 서늘했다. 뉴스나 추리소설에서 봤던 단어가 떠올랐다. 사체, 피, 현장, 봉투……. 그제야 깨달았다. 이건 살아 있었고, 매일 우리 집에서 숨 쉬었고, 죽었고, 범인은 우리다. 살초.

길가에서 죽은 식물을 보는 것과 내 집에서 매일 보던 반려식물이 죽음을 맞는 건 다른 일이었다. 내가 죽인 식물을 '쓰레기봉투에 넣어 버린다'는 건 잔혹했다. 그래도 별수 없었다. 아무리 떠올려도 집 주변에 묻어줄 흙은 없었다. 그때, 출장 간다며 창문 닫고 플러그 뽑는다고 소란 떨던 그때, 화분을 봤더라면, 배수 구멍에 물이 줄줄 흐르도록 흠뻑 적셔줬더라면 우리 집에서 생명줄이 마를 일은 없었을 텐데. 이런 생각을 하다 어이없어 콧방귀가 샜다. 깜빡한 게 아니라 아예 챙길 생각이 없었다. 이따금 눈요기만 했지, 제대로 돌본 기억이 없는데, 뭘. 욕실 창문을 잠글 때 화분을 봤을 게 분명하다. 우리는 야자를 봤지만 무시했던 거다.

둘 다 출장이 잦으니 함부로 식물을 들이지 말아야겠다고 다짐한 지 2년이 되어갈 즈음 선물이 들어왔다. 이름하여 '공기정화식물 3종 세트'. 미니염좌, 레마탄 같은 낯선 단어 속에 낯익은 이름이 보였다. 테이블야자였다. 물을 안 줘 세상을 떠나보낸 경험이 있던 무지렁이 집사 둘은 눈을 빛냈다. 아무래도 인연이 아닐까? 다시는 식물을 키우지 않겠다 했지만 우리한테 오렴. 정신 바짝 차리고 돌봐줄게. 훌륭한 건 바라지도 않는다. 건강하게만 자라줘!

박스에 담겨온 새 식구 셋을 늘어놓고 동봉된 설명서를 개미핥기처럼 훑었다. '관리하기 까다롭지 않은' '누구나 쉽게' 같은 표현이 아주 맘에 들었다. 물 주는 주기도 익혔다. 미니염좌와 레마탄은 한 달에 한두 번, 테이블야자는 일주일에 한 번이라고 적혀 있었다. 행여 잊을까 종이에 급수 주기를 적어 화분마다 붙였다. 다시는 과거의 과오를 반복하지 않겠다는 일념으로 집에서 가장 바람이 잘 드는 창문 앞 책상에 화분을 두었다. 둘이 살던 집에 반려식물 셋이 복작거리니 집이 초록으로 빛났다.

초반엔 잘 지내는 듯싶었는데, 두 달이 넘어가자 애들

상태가 영 시들했다. 그중 미니염좌와 레마탄이 대놓고 앓았다. 미니염좌의 동그랗고 통통한 잎이 떨어져 화분에 넘쳐흘렀고, 레마탄의 초록 줄기는 바닥을 향해 휘었다. 꼬박꼬박 잊지 않고 물을 줬는데……. 자리가 안 좋은가 싶어 다른 창문 밑으로 옮겼지만 하루하루 더 나빠졌다. 들여다볼수록 파릇한 생명의 색은 점점 바래 흙빛이 돌았다. 결국 미니염좌는 가지만 남았고, 레마탄은 쓰러졌다.

아…… 우리가 또, 죽였다. 어떻게 죽인 줄도 모르겠지만 어쨌든 죽였다. 이제 모든 관심은 테이블야자에 쏠렸다. 너만은 살릴 거다. 또다시 쓰레기봉투에 넣는 일은 없다. 자식 농사 망친 자들의 비뚤어진 광기가 번뜩였다. 먼저 제안한 건 나다.

"식물은 해를 봐야 해. 햇빛이 모자라서 죽은 거 같아."

"우리 집 어디가 해가 제일 잘 들지?"

"현관 앞 계단으로 옮기자. 아침에 그쪽으로 해 뜨는 거 알지?"

"우리 야자 벌써 신났네, 신났어. 소리 질러!"

왜 이다지도 잘못된 일에는 손발이 척척 맞는가.

딱 이틀 뒤, 야자는 함성을 지르는 대신 하얗게 질린 잎으로 우릴 맞았다. 급히 안으로 데려왔다. 이제 막 봄이 온 거라 아직 추운가? 탈색된 건 어떻게 하지? 이대로 두면 전체로 퍼지는 거 아냐? 자르자. 그리하여 우리는 하얗게 색이 바랜 부분만 가위로 잘라냈다. 애는 가만히 있는데 내 살이 깎이는 것 같아 소리를 꺅꺅 지르며. 졸지에 까까머리가 된 우리 야자는 바로 훈련소에 보내도 될 것 같았다. 모자란 두 집사는 미안해했고, 더 잘해줄 방법을 찾지 못해 안달이 났다. 그리고 모자란 생각을 하나 더 해냈다.

"선임아, 동네가 오래돼서 수도관이 낡았을 거 아냐. 물이 깨끗하지 않을 수도 있어. 정수한 물을 주자. 우리도 물 걸러 먹는데 얘도 걸러 먹여야지. 우리가 모자랐어."

"그래그래, 그게 좋겠다."

하…… 또 나다. 열정은 터졌으나 아는 건 없는 세대원과 그런 세대원을 철석같이 믿는 세대주. 둘은 돌아올 수 없는 길을 사이좋게, 그리고 힘차게 걸어갔다. 참담했다. 까까머리 야자는 보란 듯이 야위어갔다. 나물 데쳐놓은 것처럼 흐물흐물한 것이, 이걸 식물이라고 할 수 있나 싶을 때쯤 의심스러웠다. 뭔가 이상했다. 어쩜 매일매일 사랑으로 돌보는데, 이럴 순 없었다. 검색창에 '테이블야자, 식물이 시들시들, 잎이 하얘졌어요'를 검색했다.

테이블야자는 빽빽하고 습한 열대우림 속에서 자라는 식물이라 음지와 과한 습도에 적응된 식물이란다. 형광등 빛으로도 큰단다. 자칫 물을 많이 줘도 괜찮고, 심지어 물이 없어도 공중 습도가 적절하다면 살 수 있단다. 말 그대로 식물계의 파워 순둥이였다. 그런 테이블야자를 시름시름 앓게 한 것도 재주라면 재주였다. 이어 직사광선에 잎이 화상을 입을 수 있다는 것과 정수된 물은 물의 유용한 성분까지 걸러 식물에 좋지 않다는 것을 차례로 알았다. 사람으로 따지면 선크림 없이 바닷가에 종일 세워두고, 영양소 적고 배만 부른 곤약만 먹였던 거다. 매가리가 있을 턱이 있나. 국밥 맛집은 그렇게 찾아보면서 생명이 달린 일을 경시했다. 경험도 없는 게 지혜랍시고 쓰레기봉투에 넣어야 할 아이디어만 내놓았다. 하지 말아야 할 짓만 골라 모범생처럼 성실하게 해냈다. 우린 다정했고 잔인했다.

테이블야자를 죽이고, 미니염좌와 레마탄을 차례로 죽이고, 다시 한번 테이블야자를 죽일 뻔하고 나서야 정신을 차렸다. 관리법을 알았으니 이제 너무 매달리지도, 너무 내버려두지도 않으려 노력한다. 적당한 관심과 무관심으로. 그럼에도 얼핏 우리 야자가 지쳐 보인다 싶으면 어김없이 발부터 동동거린다. 물을 줘야 하나 망설이다 화분에 나무꼬치를 찔러 넣어 흙이 젖은 걸 확인하고는 괜히 잎을 한 번 더 닦아준다. 쑥스럽지만 가위로 자른 잎은 제 모양을 찾지 못했다. 잘린 대로 키만 커져 볼 때마다 미안하다.

사실 그사이 또 선물로 들어온 이끼도 반 죽여놨다. 창문에 방한용 뽁뽁이를 붙이느라 분무기에 주방세제를 섞어뒀는데, 그걸 잊어버리고 그만 이끼에 분무기를 칙칙 뿌렸다. 이끼가 담긴 유리병에 하얀 거품이 보글보글 일고 나서야 알아챘다. 이쯤 되니 식물을 더 키우겠다는 건 미필적고의 살초다. 테이블야자 하나로도 어깨가 무겁다. 사람 둘이서 순둥이 식물 하나 제대로 못 키우는데, 한 사람을 키워내는 건 얼마나 복잡하고 대단한 일인지……. 감히 가늠할 수 없다.

겨울이 끝나면 맥주를 마시자

식이장애 같았다. 배가 터질 것처럼 불러도 눈앞의 접시를 다 비울 때까지 젓가락을 놓지 못하는 게 고민이라고 했다. 어제오늘 일은 아니었다. 위선임은 타고나길 잘 붓는 체질에 소화도 느린 편이라 그렇게 먹고 나면 둔해진 몸에 괴로워했다. 손가락이 붓는 걸 실시간으로 지켜보다 결국 떡가락이 되는 걸 확인한 적도 있다. 주름이 빤빤하게 펴진 손을 보고 5년은 어려졌다며 함께 까마귀처럼 깍깍 웃고 말았다. 폭식하고 나면 붓기가 빠질 때까지 소식, 잘하고 있다 싶을 때 다시 폭식, 그러다 또 소식으로 이어졌고 언제나처럼 후회했다. 뜯어내도 자꾸 자라는 티눈처럼 누구에게나 꼴 보기 싫은 제 모습은 있으니까 대수롭지 않았는데 이번엔 달랐다. 선임이는 '한번 꽂히면 눈앞의 음식을 절제하기 힘들고 요즘 부쩍 심해졌다'고 했다. 별일 아니겠지만 전문의를 만나보라 권했다. 목이 따끔거리면 이비인후과, 뼈에 금가면 정형외과, 마음대로 안 되면 정신의학과. 그렇게 당연하게.

"나 우울장애래. 우울증."

며칠 뒤 상담 받고 돌아온 선임이가 말했다.

우울증이라는 단어는 살면서 들어봤고, 병이라는 것

도 알겠는데 그게 왜 저 입에서 나오는지 알 수 없었다. 생각의 범주 안에 있어야 놀라기라도 하지. 어제까지만 해도 음악에 맞춰 엉덩이를 위아래로 흔들던 내 친구가? 우울? 밥 좀 많이 먹은 거 가지고? 귀에 꽂힌 문장과 인지의 간극을 좁히는 데 시간을 쓸 새도 없이 말이 이어졌다. 식이장애는 젖혀두고 우울장애가 가장 큰 문제이며 아마 오래전부터 내재되어 있던 것 같다고 했다. 표정을 보니 선생님의 말을 옮긴 것일 뿐, 스스로도 이해한 모양새는 아니었다. 어쩌다 넘어진 어린아이처럼 놀라긴 했는데 아프진 않고, 울어야 할지 툭 털고 일어나야 할지 각을 재는 선임이 얼굴을 보며 우선 태연하게 굴었다. 넘어진 아이 앞에서 겁을 먹거나 수선을 떨면 아이가 정말 울어버릴지도 모르니까. 약 먹으면 낫는 거라고, 누구나 걸리는 감기 같은 거라고, 어디서 주워들은 말을 건넸다.

처방전에 질병 코드가 찍혔고 달라진 건 없었다. 위선임은 글도 쓰고 먼 나라에 출장도 가고 농담도 하고 예전처럼 웃었다. 곧 나을 게 당연해서 주변에 알리지도 않았다. 함께하는 일을 가끔 버거워했지만 괜찮았다. 내가 더 하면 될 일이었다. 점점 억지로 하는 일이 많아졌다. 그중 몇몇은 겨우 해내거나 괴로워했다. 잘 참아오며 집에 들어와서야 훌쩍이던 선임이가 사람들 사이에서 울었을 때, 모든 걸 멈추기로 했다. 약을 먹기 시작한지 1년 3개월 만이었다. 그때 인정했다. '곧'은 없었다. 1, 2주에 한 번씩 병원에 가고, 하루에 한 번씩 약을 챙겨먹는 날이 길어졌다. 가끔 마른 눈빛으로 창밖을 바라봤다. 원래 있던 불면증도 심해져 며칠 밤을 꼬박 새우고 하루를 마쳐된 것처럼 잤다. 그럴수록 베갯잇과 이불을 자주 세탁해주었다. 길고 시커먼 밤을 지나는 동안 기분이 더 축축해지지 않으려면 깨끗하고 잘 마른 이불이 필요할 것 같았다.

둘이 다니던 해외 출장을 혼자 길게 다녀온 사이 선임이는 심하게 앓았다. 방광이 터질 것 같은데, 도저히 침대에서 일어나 화장실을 갈 수 없었다고 했다. 공감하려했지만 아무리 용을 써도 그 무기력을 가늠할 수 없었다. 결국…… 물었다.

"죽고 싶다고 생각해?"

위선임은 늘 더 나아지고 싶어 하는 사람이었다. 그래서 부지런했다. 새로운 일에 자신을 던졌고, 좋은 사람을 만났고, 반듯한 책을 읽었다. 아침에 일어나서 이부자리를 정리하는 게 자기효능감을 높여준다며 매일 주름 하나 없이 이불을 펼쳤다가도 자는 동안 흘린 땀과 세균에 대한 기사를 본 후부턴 시트를 말린다며 이불을 애써 헝클어뜨렸다. 어지럽히는 것도 공들이는 성실함이라니. 20대 미생 시절 위선임이 일주일에 세 번씩 운동하겠다고 다짐한 때가 있었다. 부서 직원들이 소고기를 굽는 회식 날에도 선임은 기어코 브라톱으로 갈아입고 운동 센터에 갔다. 소고기를 두고……. 독한 것. 그토록 좋은 사람이 되기 위해 자신에게 좋은 걸 해주던 그에게 평생 물을 일이 없을 것 같던 질문이었다.

"지금은 아니야. 어쩌면 그럴 수도 있어. 음…… 근데 스스로 그 선택을 할 것 같진 않아."

자신의 몸뚱이에서 빠져나와 있는 듯한 표현과 '어쩌면'이라는 단어가 두려웠지만 우선은 다행이었다.

매일 사는 집에 내 친구가 있었고 그는 아팠다. 나의

모든 삶이 신경 쓰였다. 건강하게 사는 게 불편했다. 새 옷을 사는 것도, 친구와 술을 한잔하고 들어가는 것도, 사는 게 나만 즐거워 보일까봐 조심스러웠다. 선임이가 남부럽지 않게 살았으면 좋겠는데 남이 부러울까봐, 그 남이 나일까봐 미안했다. 함께하던 일에 선임이가 없으니 부담이 더했다. 일이 고단해도 투정 못 하고 대단해도 자랑할 수 없었다. 같이 일하던 방송국에서 프로그램 굿즈를 받을 때면 가방 속에 며칠을 넣어 다니다 서랍 깊숙이 숨겨버리기도 했다. 거실에서 원고를 쓰고 있으면 선임이가 쓱 보다가 방으로 들어갔다. 딸깍. 그러면 가슴이 꽉 저렸다.

하루 동안 가장 치열하게 하는 고민이 고작 저녁 메뉴였으면 싶었다. 우리의 날선 대화가 그저 욕실 수챗구멍 위로 널브러진 머리카락이라면 얼마나 좋을까. 가까운 사람이 잘 먹고 잘 싸는 게 간절했다. 밖에서 일하고 돌아올 땐 현관문 앞에서 잠시 숨을 골랐다. 달라붙은 흙먼지조차 무거운 신발을 벗고 가방을 내려놓고 나면 선임이 옆에 앉았다. 나 없이 종일 한마디도 안 했을 녀석은 건강해지기 위해 오늘을 어떻게 살았는지 종알거렸다. 어느 날은 자기가 생각해도 기특한지 눈을 반짝였고, 또 어느 날은 그렇게 열심히 보낸 하루가 문득 별게 아닌 것 같은지 눈빛이 꺼졌다.

주변에 선임이의 투병을 알렸다. 숨길 일도 아니었지만 더 숨길 수도 없었다. 그렇게 활발하던 사람이 모든 걸 멈췄으니까. 옆 동네 사는 부부를 오랜만에 만났다. 골목시장 밥집에서 생선구이와 소주를 주고받으며 근황을 나눴다. 선임이가 화장실 간 사이 오빠가 물었다.

"멋지야, 너는 어때? 괜찮아?"

투드득. 별안간 식탁 위로 눈물이 떨어졌다. 선임이가 아픈 뒤로 이런 질문은 처음이었다. 모두 내게 선임이의 안부를 물었다. 옆에서 잘 챙겨주라는 말도 덧붙였다. 알겠다고 답했지만 사실 나도 잘 몰랐다. 우울증으로 아픈 친구와 같이 사는 게 처음이라 어떻게 하는 게 잘 챙기는 건지 알 수 없었다. 먼저 물어보지 않고 잘 들어주는 게 전부였다. 선임이는 자주 고맙다고 말했지만 내가할 수 있는 게 그것밖에 없었다. 한번 터진 눈물은 죽죽 흘러내렸다. 아이고, 어떡해. 나 우는 거 보면 선임이가 속상할 텐데. 화장실 다녀온 선임이에게 들킬까 손바닥으로 뺨을 싹싹 훔쳐도 소용없었다. 나도 힘든 모양이었다. 그 밤 많이 취했다.

나는 점점 익숙해졌고, 선임이는 아주 조금씩 나아졌다. 투병도 성실했다. 생산적인 일은 못 하더라도 규칙적인 일을 만들라는 의사 선생님 말에 일과를 만들었다. 아프기 전까지 글을 썼던 사람인데 못 쓰는 사람이 됐으니 글을 읽기로 했다. 강남 교보문고를 회사 삼아 출퇴근을 시작했다. 마침 걸어갔다 오기에 활동량이 될 만한 거리라 운동화를 신고 한남대교를 건너다녔다. 어떤 주에는 매일 출근했다가 이게 뭔 소용이겠냐며 방에 다시 틀어박히기도 했지만 절대 멈추진 않았다. 힘내라는 말을 하려다 집어삼켰다. 이미 안간힘을 쓰고 있는 사람에게 힘을 내라는 건 잔인했다.

한번은 한남대교를 걸어오다가 다리 한가운데에 서서 까만 강물과 생명의전화를 바라봤단다. 강에 비친 불빛이 일렁이고 눈물이 일렁이고, 내가 어쩌다 이렇게 됐을까…… 한참 우두커니 서 있다 멀찍이 자신을 지켜보는 사람의 존재를 의식했다고 했다. 5분, 10분이 지나도록 그 자리에 계셨으니 아마 강과 밤과 생명의전화, 힘 없이 떨군 고개의 불안한 조합 때문이었으리라. '내가 지금 생판 모르는 사람을 걱정시켰구나. 일면식 없는 남도 나를 걱정해주는구나' 생각하며 집 방향으로 한 10미터쯤 걸었나? 돌아보니 그분은 자전거를 타고 떠났다고 했다. 언젠가 건강해지면 아무도 의심할 여지 없는 모습으로 한남대교에서 맥주를 마시고 싶은데 그때 같이 가줄 수 있겠냐 물었다. 말도 안 될 만큼 당연하다고 답했다.

시간은 잘도 흘렀다. 선임이는 침대에 누워 있는 텅 빈 마음을 억지로 일으켜 하루하루를 채웠다. 산책하며 햇빛 보고 규칙적으로 몸 쓰는 운동을 하며 차례차례 할 수 있는 만큼 해나갔다.

"어두운 터널 속에 있었거든? 처음엔 그 끝이 안 보였어. 많이 노력해서 이젠 다 온 것 같은데 이상하게 더 이상 나갈 수가 없다. 투명한 막이 있는 것 같아. 예전처럼 돌아갈 수 있을지 모르겠어. 아니, 내가 기억하는 내가 진짜 나였는지도 이젠 모르겠다."

선임이가 엉엉 울었다. 피를 뽑으면 알 수 있는 콜레

스테롤 수치처럼 우울 함량이 숫자로 나왔으면 좋겠다고 했다. 기준치에 따라 정상, 저위험, 고위험 이렇게 진단할 수 있다면 이렇게 애타진 않을 텐데. 나아지고 있는 것 같은데 왜 끝나지 않는 건지 매우 답답해했다. 그건 나도 마찬가지였다. 눈물을 꾹꾹 눌러도 참을 수 없어 같이 울어버렸다.

겨우내 마른 나뭇가지에 개나리꽃이 조금 달렸을 즈음 선임이가 한남대교에 가자고 말했다. 입술이 씰룩였다. 편의점에서 맥주와 안주를 살뜰히 골라 양쪽 주머니에 한 캔씩 넣고 힘차게 걸었다. 아직 쌀쌀한 밤공기를 가르며 반원형으로 튀어나온 전망대에 도착했다. 선임이가 매번 앉아 한강을 바라보았다던 곳이었다. 계단에 앉아 캔 뚜껑을 땄다.

"짠!"

"캬!"

"……."

"꺼억."

"이제 다 나은 것 같아."

내 친구가 해냈다. 몇 계절이면 될 줄 알았는데, 그동안 해가 네 번 바뀌었다. 마침내 끝난 겨울을 축하하며 손끝이 차도록 맥주를 벌컥벌컥 들이켰다.

위선임은 다시 부지런하다. 오래 앉아서 글을 쓰는 게 자세에 안 좋은 것 같다며 스탠딩 책상을 샀다가 반년을 안 쓰는 바람에 나한테 욕을 두 바가지쯤 얻어먹고 무료 나눔했다. 책상 위에 요상하게 생긴 시계를 놨다. 숫자는 있지만 바늘이 없는데, 집중력 시계란다. 이건 잘 쓰고 있다. 집중을 잘하고 있는지는 모르겠지만. 의미 없는 스크롤로 잠들 시간을 놓치지 않겠다고 자기 전에 휴대폰을 거실에 두고 간다. 방문을 닫기 전까지 휴대폰을 바라보는 애절한 눈빛이란⋯⋯. 얼마 전부터는 아침에 이불을 두 번 접어 침대 모서리에 맞춰둔다. 이건 자기 효능감과 시트 건조의 컬래버레이션인 것 같다. 참 위선임답다. 유난이라고 놀리지만 그럴 때마다 건강해져서 고맙다. 이미 좋은 사람인데 저렇게 열심히 사니까, 할머니가 됐을 땐 분명 엄청 좋은 사람일 거다.

꽃 같다

지하철에서 '인생이 꽃 같다'는 글귀에 울었다. 분명히 꽃이라고 적혀 있는데 뭣같이 읽혔다. 사는 게 꽃 같지 않았다. 함께 탄 사람들은 각자 휴대폰을 보느라 날 신경 쓸 일이 없겠지만 혹시 누가 볼세라 재빨리 눈물을 집어먹었다. 며칠 후 친구와 통화하며 이 이야기를 전했다. 그는 괜찮다고, 꽃은 봄에만 피는 게 아니라고 했다. 또 울었다.

얼마 지나 연말이 되었다. 12월 31일, 선임이 나에게 꽃을 선물했다. 퇴근한 녀석은 오른손을 뒤로 숨긴 채 다가오더니 꽃다발을 척 꺼냈다. 제 딴에는 퍼포먼스라고 했지만 어색했던지 애써 짓는 미소가 일그러지다 못해 기괴하기 짝이 없었다. 꽃을 사기까지 고민이 많았다고 했다. 요 며칠 내 기분이 전기밥솥에 사흘 밤낮으로 방치한 누룽지처럼 비쩍 말라 있어 꼬락서니가 말이 아니었단다. 잠깐이라도 환기해주고 싶은데 좋아하는 젤리와 소주는 여러 번 줬으니 다른 걸 주고 싶었다나. 몇 가지 후보를 추리던 중 '내가 요즘 못 받아봤을 것'에 집중하다 꽃집으로 발길을 돌렸다고. 꽃집 문을 여는 손이 오그라들었지만 정신 붙들고 내가 좋아할 만한 꽃을 골랐고, 마음의 허들을 백 개쯤 넘었으니 이건 단순한 꽃다발이 아니라고 했다.

저러다 얼굴에 경련이 나진 않을까, 망측하게 웃는 동거인과 꽃다발을 바라봤다. 드레스처럼 활짝 벌어진 분홍색 꽃이 올리브색 종이에 싸여 있었다. 곱기도 하지. 어울릴 만한 포장지를 고르며 꽃집 사장님과 여러 궁리를 했을 모습이 그려졌다. 그사이 서글픔이 비집고 들어와 울대가 먹먹해졌다. 요즘 나 엉망이었구나. 고맙다 인사하고 꽃 이름을 물었다. 꽃말이 궁금했다. 아무것도 하지 않은 오늘에 꽃이 가진 의미라도 넣고 싶었다.

"……미안. 뭐더라……? 다섯 글잔데……. 암튼 이거! 이거 비싼 꽃이었어!"

방금까지 잔뜩 뿌듯해하더니 기억이 나지 않자 되레 큰소리를 쳤다. 녀석의 살뜰한 마음은 포장까지였다. 꽃 이름 알려주는 앱을 받아 사진을 찍어봤지만 도무지 알 수 없었다. 뭐, 잡초면 어때. 우리는 다섯 글자에 맞춰 '겁나비싼꽃'이라 이름하고 향긋하게 웃었다.

언젠가 선물 받아 좋은 날 먹겠다고 두었던 아르헨티나 말벡 와인을 꺼내고 씹을 게 있나 냉장고를 뒤지는

데 형편없었다. 이럴 줄 알았으면 뭐라도 사둘걸. 찬장 구석에 박힌 감자칩 한 봉지를 꺼냈다. 차린 것 없이 그럭저럭 괜찮았다. 와인을 입에 살짝 머금고 혀로 굴려서 코에 스미는 맛과 향……이고 뭐고 꿀떡꿀떡 넘겼다. 고 것도 술이라고 몸에 열이 올랐다. 한 해의 마지막 날이 뭐 별거냐 싶었다. 그래도 그렇지, 고요했다. 음악도 없이 두런두런 주고받던 대화는 어쩌다 오늘과 판이했던 작년 12월 31일, 시끌벅적했던 날로 돌아갔다.

「트래블러」가 끝나고 JTBC의 여행 유튜브 콘텐츠 작가로 일했다. 2회 분량을 기획해 하루 동안 촬영하곤, 한 주에 1회씩 공개하는 일이었다. 삶이 일에 맞춰 2주 단위로 돌아갔다. 기획, 섭외, 촬영, 시사, 공개. 글로 쓰면 건조한 다섯 개의 단어 속엔 아무것도 없는 까만 화면에 무얼 채워야 좋을지 궁리하는 막막함, 섭외 전화 후 출연 확답을 기다리는 초조함, 야외촬영 중 무슨 변수가 생길까 바짝 타는 똥줄, 내 부족한 역량을 확인할 때마다 팀에게 드는 미안함, 그래도 제때 해냈다는 안도감이 뒤섞였다. 2주마다 이 감정의 고리를 쳇바퀴처럼 돌리고 있었다.

작년의 마지막 날엔 다음 방송 촬영지를 기획하고 월요일에 촬영했던 내용의 1차 편집본을 시사한 뒤 집으로 돌아왔다. 언제나처럼 샤워하러 옷을 벗자 욕실 공기에 온몸의 털이 비쭉 섰다. 여기까진 평소와 같았다. 샤워기 수전의 손잡이를 들어올려 왼쪽으로 돌리자 물이 졸졸 샜다. 음? 오른쪽으로 돌리니 제대로 물이 쏟아졌다. 왼쪽으로 돌리고 오른쪽으로 돌리기를 반복했다. 물이 졸졸 흘렀다 쏟아졌다. 하…… 김이 모락모락 나는 욕실에서 나오는 게 목표였지만 맨몸으로 찬 공기만 실컷 맞다 나왔다. 혹시나 싶어 부엌 싱크대 수전 손잡이를 돌렸다. 욕실과 같았다. 왼쪽은 온수가 나오는 방향이다. 추위에 보일러 온수관이 얼어버린 것이다.

수면 잠옷을 챙겨 입고 헤어드라이어를 챙겨 보일러가 있는 베란다로 나갔다. 찬 공기가 뺨을 깎았다. 휴대폰 플래시로 온수관을 찾아 드라이어의 버튼을 2단계로 올렸다. 보일러와 온수관이 연결된 부위를 잡고 아래로 내려갔다가 다시 위로 올라왔지만 어느 부분이 얼었는지 알 수 없었다. 온수관과 애잔하게 폴댄스를 추는 동안 드라이어를 쥔 손이 뻣뻣해졌다. 손가락이 꽝꽝 얼어 재정비를 위해 집에 들어가려니 때맞춰 퇴근한 선임이가 왔다. 상황 설명을 들은 선임이는 거친 감탄사를 내뱉었다. 이 밤이 길겠구나, 예감하고 함께 만반의 준비를 했다. 장갑을 끼고 두꺼운 양말을 신고 목도리도 둘렀다. 장비도 업그레이드했다. 캠핑용 랜턴을 꺼내 한 명이 비춰주면 다른 한 명이 온수관에 드라이어 바람을 쐬는 식이었다. 쪼그려 앉은 다리에 쥐가 나서 몇 번이나 교대하며 녹인 끝에 온수관에 물이 돌았다. 얼마나 오래 녹였는지 드라이어 전원을 뽑았는데도 귀에 모터 소리가 맴돌았다. 정신이 얼얼한 채로 새해를 맞았다. 이 오래된 집은 바쁜 현대인의 삶이 느슨해질까 긴장하게 만드는 매우 현대적인 집이라고, 1월 1일에도 낭만이 끼어들 틈을 주지 않는다며 웃었다.

"탕, 탕, 우꽝꽝꽝! 투두두두두두두!"

별안간 들리는 총소리에 오늘로 돌아왔다. 한남동에서 산 지 4년째라 무슨 일인지 바로 알 수 있었다. 근처 남산의 한 호텔에서 그해 마지막 날에 여는 새해맞이 불꽃놀이다. 투숙객을 위한 이벤트겠지만 언덕배기에 걸친 우리 집 옥상에서도 볼 수 있었다. 선임이와 눈이 마주치자마자 들고 있던 잔을 내려놓고 냅다 뛰쳐나갔다. 슬리퍼를 겨우 걸친 발로 철제 계단을 쿵쿵 밟아 옥상에 올랐다. 옆집 옥상은 이미 올라와 있던 사람들로 소란했다. 호텔을 배경으로 불꽃이 터졌다. 여기서 터졌다가 사그라들 즈음이면 저기서 정신없이 번쩍였다. 빛이 화살처럼 쏘아 올려졌다가, 무지개를 그렸다가, 동심원으로 퍼졌다가, 홀씨처럼 흩날렸다. 빨갰다, 노랬다, 어두워졌다, 밝아졌다. 이번엔 어떤 모양일까? 다음엔 어떤 색일까? 지금의 나와 다르게 참 화사했다.

올 한해를 되돌아봤다. 7월부터 쭉 쉬었다. 번아웃이었다. 꼭 해야 할 일이나 하고 싶은 일이 아니면 어떤 것도 하지 않기로 했다. 대충 잡은 기한은 6개월, 올해가 가기 전까지. 그저 반년 정도면 충분할 걸로 생각했다. 요 며칠 기분이 쉰 누룽지 같았던 건 마음껏 쉬기로 했던 그 기한의 카운트다운이 얼마 남지 않아서였다. 결국 오늘, 31일이 왔지만 여전히 의욕이라는 게 들지 않았다. 넉넉히 6개월이라 말했어도 조금만 쉬면 정신을 차릴 줄 알았기에 당혹스러웠다. 시간은 내게 닿자마자 날아갔고 돌이키니 반년이 통째로 사라졌다. 언제까지 이 모양일지. 시간은 또 스쳐갈 텐데. 오늘이 지나면 내일이 온다. 내일은 새해의 첫날이다.

그렇다고 12시 땡 치자마자 올 한 해 힘차게 시작하라며 기력이 리셋될 일은 없다. 오늘보다 내일 더 나아질 필요는 없지만, 지키고 싶은 사람들을 지킬 힘이 없어 자꾸만 조급해진다. 무엇이 될 필요는 없는데, 아무것도 아닐까봐 겁이 난다. 잠깐 고개를 돌렸다. 작년 오늘 보일러 수도관 녹일 때 캠핑 랜턴을 들어주던 녀석이 일년이 지난 지금도 곁에서 히죽 웃고 있다. '겁나비싼꽃'도 사줬다. 고군분투하던 작년 오늘도, 기력이랄 게 없는 오늘도, 함께 있는 덕분에 웃는다.

"탕, 탕, 우팡팡팡! 투두두두두두두!"

불꽃이 반짝였다.

인생이 그림이라면 그래프가 아니라 점묘화였으면 좋겠다고 생각했다. 어제, 오늘, 내일의 나로 오르내리는 선이 아니니까 비교할 것도 부담스러울 것도 없다. 저 불꽃같은 삶의 순간순간이 여기저기서 빛났다 사그라들며 캔버스 위 어디든 날아가 점을 찍고, 그 점이 모여 아름다운 그림이 될 테니까. 피고 지는 모든 순간이 내 그림 같은 삶이니까. 하얀 숨이 눈앞에서 흩어졌다. 여전히 불꽃은 자신을 펑펑 피웠다. '겁나비싼꽃'은 거실에서 나를 기다리고 있다. 역시 꽃은 봄에만 피는 게 아니었다. 인생이 불꽃놀이 같다. 꽃 같다. 그러니까 빛나지 않는 지금도 괜찮을 거다.

기어코, 기꺼이

"냉장고에 낙서한 사람 누구야?"

오빠와 함께 벽에 조르륵 붙어 무릎 꿇고 두 손을 들었다. 태어나서 부모님께 혼나는 게 가장 큰 시련이었던 꼬마가 잘못을 시인하는 건 용기가 필요한 일이었다. 오빠는 옆에서 한마디도 하지 않았다. 팔다리가 파핑 캔디 터지듯 반짝이고 따끔거렸다. 엄마는 낙서도 낙서지만 거짓말하는 건 용서할 수 없다고 했다. 우물쭈물하다 눈을 질끈 감고 내가 그렸다고 말했다. 안 그래도 바쁜 엄마를 더 이상 속상하게 할 순 없었다. 오빠는 바로 일어났고 나는 조금 더 혼이 나고서야 손을 내리고 다리를 펼 수 있었다. 이상했다. 내가 그린 게 아니었기 때문에.

범인은 분명 오빠였다. 그런데도 내게 아무 말이 없었다. 엄마를 위해서였지만 어쨌든 잘못을 내가 뒤집어썼는데 고맙다는 인사 하나 없는 게 열불이 났다. 지금 누구 때문에 냉장고를 벅벅 닦고 있는데. '복수'라는 단어를 몰랐지만 불타는 그 마음은 복수심이었다. 그대로 돌려주고 싶었다. 계획은 이랬다. 엄마보다 엄한 아빠가 있을 때, 몰래 벽에다 그림을 그리는 것이다. 하얀 벽지에 그린 그림은 닦을 수 있는 냉장고에 낙서한 것과 비할 게 못 됐다. 아빠는 그림을 보자마자 우릴 불러 누가 했느냐고 물을 것이었다. 이번엔 시침 뚝 떼고 앉아 끝까지 발뺌할 테다. 어디 한 번 아빠한테 혼나봐라, 흥.

다락 하나 딸린 단칸방에서 눈에 띄지 않게 계략을 꾸미는 건 어려웠다. 몇 날 며칠 동안 집에서 펜을 쥐고 있다 틈이 보이는 때를 노려 모퉁이에 그림을 그렸다. 역시나 아빠가 곧 낙서를 발견했다. 그림을 보자마자 나를 불러 앉히곤 왜 종이를 두고 벽에 그렸냐고 물었다. 아니라고 잡아떼며 오빠가 그린 것 같다고 말했다. 아빠 눈을 제대로 쳐다보지 못한 것 같았지만 오빠에게 혐의점을 넘겼다. 완벽했다. 아빠의 미간이 일그러지고 거짓말하면 안 된다는 호통이 떨어졌다. 어? 이게 아닌데……. 지금쯤이면 오빠도 내 옆에 앉아 있어야 되는 건데? 한 번 더 아니라고 했지만 점점 더 일그러지는 아빠 얼굴에 목소리가 기어들어갔다.

"이게 어떻게 오빠가 그린 그림이야!"

아빠 손가락 끝에 걸린 그림은 동그란 프릴 소매에 캉캉 드레스를 입은 공주였다. 치맛자락마다 별과 하트무늬를 넣은, 보석이 박힌 왕관도 쓴. 오빠가 그릴 그림이 아니었다. 아…… 거기까지 생각 못 했다. 벽지에 낙서를 한 데다 거짓말까지 했다고 두 배로 혼이 났다. 이렇게 허술한 복수극을 완벽하다고 생각할 만큼 어렸을 때에도 나는 가난을 알았다. 더운 나라를 오가며 일하느라 늘 뒷목이 검게 탄 아빠, 한번 떠나면 몇 개월씩 집을 비우는 아빠의 빈자리를 홀로 채우느라 바쁜 엄마는 어린 내가 봐도 고단했다.

조금 더 컸다. 당시 내가 다니던 초등학교에선 학급의 임원이 되면 친구들에게 간식을 돌렸다. 그것만은 피했어야 했는데 어쩌다 반장이 되었다. 몇 명의 후보를 추리던 중 친구들이 추천했고 알찬 공약도 대단한 포부도 없이 뽑아주면 열심히 하겠다는 말만 하고 들어왔는데, 이런…… 그만 반장이 됐다. 선거철이 끝나자 옆 반은 샌드위치를 먹었다더라, 피자빵이 남아서 가져왔다 같은 이야기가 돌았다. 얼마 뒤 부반장의 엄마가 학교에 오셨다. 그것도 또래 아이들에게 생일 파티 워너비 장소 1위로 꼽힐 만큼 인기 있는 KFC의 치킨버거를 들고서. 교탁 앞에서 부반장 녀석이 엄마와 함께 웃었다. 무스를 발라 3 : 7로 정갈하게 탄 가르마가 번쩍거렸다. 그날따라 꼴 보기 싫었다.

내 간식 없이도 시간은 흘렀고, 이대로라면 어물쩍 넘어갈 수 있을 거라고 생각했다. 학급 임원의 간식 조공 시즌이 지나 잊힐 때쯤, 이런…… 부반장의 어머니가 또 간식을 사들고 오셨다. 그저 급식 외에 먹는 게 신났던 친구들은 다시 우리 집에서 뭘 가져올지 기대했다. 더 이상 모르쇠로 버틸 수 없었다. 반장이 되는 바람에 할 일도 많아졌는데 돈까지 써가며 감사해야 하는 이 적폐를 내 선에서 끝낼 용기도 없었다. 결국 엄마에게 말했다. 반장이 된 나는 엄마의 자랑이어야 하는데 부담이 되어버렸다. 엄마는 우리 딸 반장 됐는데 학교도 한 번 못 갔다며 알겠다고 웃었다.

여름이 지났는데도 운동장에 아지랑이가 지글지글 피어오를 만큼 더운 날이었다. 하루도 쉬지 않는 엄마를 대신해 친척 언니가 큰 박스를 껴안고 학교에 왔다. 언니는 비닐포장에 든 아이스바보다 값비싼 콘 아이스크림을 샀지만 어린아이들이 얼마나 칠칠치 못한지 몰랐다. 담임선생님과 인사하고 박스를 열어 아이스크림을 하나씩 나누어주었다. 날이 어찌나 더웠던지 아이스크림은 그새 녹아 살짝 물컹했다. 곧 아이들의 손과 책상이 끈끈해질 것이 뻔했다. 선생님이 잠깐 인상을 찌푸렸다. 그 잠깐을 보고 말았다. 버거를 기대하던 아이들 몇이 실망했다. 그 실망을 눈치채버렸다. 내가 반장이 되겠다고 나선 것도 아닌데, 왜 미안한 거야. 우리 부모님이 번 돈으로 산 거란 말이야. 근데 왜 눈치를 봐야 하느냐고! 아이스크림은 점점 녹아 혀로 핥아도 핥아도 자꾸만 흘러내렸다. 선생님도 미웠고 친구들도 미웠다. 저녁에 엄마가 친구들이 좋아했는지 물었다. 더워서 아주 맛있게 먹었다고 말했다.

잘 자랐다. 가난은 이따금 불편해서 속으로 불평한 적도 있지만 엄마 아빠는 언제나 고군분투했고 덕분에 집이 점점 커졌다. 늘어나는 살림살이와 달리 나는 여전히 부모님께 속내를 보이지 않았다. 내 몫의 아픔은 온전히 나만 감당하고 싶었다. 내가 아프면 세상에서 가장 마지막에 알아야 할 사람들이 바로 가족이었다. 슬픔을 나누면 반이 된다지만, 나도 슬프고 가족도 슬프다면 배가 되는 거 아닌가. 고단한 그들의 어깨에 나까지 무게를 없을 수 없었다. 그러는 동안 힘든 일이 생겨도 속엣말을 삼켰다. 가슴에 흙탕물이 뿌옇게 일어도 외면하는 게 익숙해져서 나조차 내 속을 들여다보지 않았다. 언제나 그랬듯 제 혼자 가라앉길 바랐다.

스무 살에 같은 학과에서 선임이를 만나 친구가 되었다. 첫 배낭여행을 같이했고, 두 번째 배낭여행을 준비하며 함께 휴학했다. 여행 경비를 벌기 위해 선임이는 콘도 회원권을 판매하는 아웃바운드 콜센터에, 나는 남성복을 판매하는 인터넷쇼핑몰에 취업했다. 밤이면 자주 동대문 도매시장에 나갔다. 새로운 제품을 찾거나 주문한 제품을 한곳에 모아 회사에 실어 보내기 위해서였다. 처음 몇 번은 팀장님과 함께였지만 곧 혼자 실전에 투입됐다. 불과 얼마 전까지 학교에서 과제하며 낄낄거리던 학생이니까 살살 해달라는 말을 할 수 없었다. 월급을 받는다는 건 징징거리지 않고 책임을 다해야 하는 거였다. 값이 싼데 멋져서 매일 잘 팔릴 물건을 찾아야 했다. 수량이 달리는 인기 제품을 우리보다 더 큰 거래처에 몰아주면 몇 장이라도 받아오기 위해 용을 썼다.

안 그래도 기 센 사장님들에게 애송이처럼 보이지 않으려다보니 기운이 쭉쭉 빠졌다. 동대문 밤시장 골목은 항상 복잡했다. 저쪽엔 각 지방에서 올라온 고속버스가 줄서 있고, 이쪽엔 옷이 가득 담긴 커다란 봉지가 끊임없이 쌓였다. 건물 스피커에서 나오는 노래, 오토바이 엔진 소리로 시끄러운 가운데 서 있으면 지나가는 사람들은 나 빼고 다 프로 같았다. 나만 제 몫을 못하는 것 같아 쪼그라들었다. 저 앞 포차에서 우동에 소주나 한잔하고서 도망치고 싶을 때마다 선임이에게 전화해 아무 말이나 늘어놓았다.

그런 통화가 서른 번이 되었을 즈음, 두 번째 배낭여행을 떠났다. 어느 밤, 자신의 일이 얼마나 힘들었는지 서로 무용담을 펼치고 있었다.

"그때 내 남자친구가 너 질투했다니까? 자기랑 통화하다가도 내가 너 전화 받는다고 자꾸 끊으려니까 지금은 나랑 놀고 나중에 콜백하면 안 되냐는 거야."

"에구, 나 때문에……."

"그래서 말했지. 지금 얘 전화할 사람 나밖에 없어서 받아야 된다고."

그 순간, 소란한 시장 골목에 우두커니 서 있는 나를 보았다. 이미 녀석이 잠들었을 것 같은 시간이라 통화 버튼을 누를까 말까 고민하며 휴대폰을 만지고 있었다. 기대고 싶었구나. 전화해서 고작 한 말이라고는 하찮은 농담이었는데. 외로웠구나. 그걸 위선임이 알고 있었구나. 스스로도 몰랐던 마음을 들켰다. 부끄러웠고 이내 서러웠다. 목에서 끅, 끅, 소리가 났다. 매일 쉬던 숨인데 가슴이 들썩거려 고르게 쉬기 어려울 만큼. 다른 사람 앞에서 나약하게 눈물을 쏟다니. 그 사람이 선임이라서 다행이라고 잠깐 생각했다. 그 밤, 눈물범벅이 된 마음을 두서없이 토했다. 처음이었다.

그때부터였다. 선임이는 내 마음이 가라앉을 때마다 기어코 휘저어놓는다. 습관처럼 외면하느라 입부터 닫아도 옆에 와서 묻는다. "무슨 일이야?" "왜 그렇게 생각한 것 같아?" "그 말을 들었을 때 기분이 어땠어?" 스무고개 같은 질문을 늘어놓는다. 저 밑에 있는 걸 끄집어내는 게 익숙지 않아 모르겠다고 말해도 끝까지 물어보기 때문에 어쨌든 답해야 했다. 처음은 엄청 어려웠고 두 번째, 세 번째는 아주 쪼끔씩 나아졌다. 마음을 뒤

적이면 침잠하던 감정의 부유물이 떠올랐다. 이건 질투, 어! 이건 쪽팔림. '기분이 안 좋아'로 퉁쳐서 집어삼킨 감정의 모양을 이해하기 시작했다. 뿌연 마음에서 한 조각씩 건져 선임이한테 말하고 나면 신기하게도 조금만 아프고 끝났다. 슬픔은 나눌 수 있었다.

선임이 덕분에 나를 살펴 아픔을 언어로 정리해 말할 수 있게 되었다. 하긴, 말을 하든 안 하든 상관없다. 기댈 그늘이 집에 있다는 것만으로도 무게가 덜하다. 언제든 입을 열면 들어줄 테다. 얼굴 표정만 보고도, "선임아, 나……"라는 말이 끝나기도 전에, "왜! 무슨 일이야!" 하며 쿠당탕 뛰어오는 녀석에게 이제 기꺼이 기댄다.

1제곱미터 홈 바

1m² Home bar 구성 1_음악

책장을 정리하다 오래된 학급 문집을 펼쳤다. 담임선생님이 던져주신 여러 개의 질문에 대한 반 친구들의 답변을 엮어 프린트한 것이었다. 사람은 이렇게나 다양하게 생각하니까 서로의 답변을 읽어보며 사고의 뜻을 넓히라는 선생님의 뜻이었다. 어린이 김멋지는 무슨 생각을 하고 살았을까, 궁금해하며 읽던 중 '달걀프라이를 하려고 달걀을 깼는데 병아리가 나온다면?'이라는 질문이 눈에 띄었다. 뜨악했다. 나의 답은 '병아리를 꼬치에 끼워서 꼬치구이 해 먹기'였다. 친구들에게 읽힐 걸 염두에 두었을 텐데 무리수를 던진 걸 보니 꽤나 재치 있는 사람이고 싶었나보다. 어찌 됐건 다른 아이들 답변보다 튀기는 했으나 웃을 만한 답이 아니었다. 쭉 읽어내리다 한 곳에 눈이 멈췄다.

이 세상에서 발명하고 싶은 것은?

─듣고 싶은 음악을 적으면 뭐든 재생해주는 주크박스

지금이야 특별한 재생 장치가 없어도 언제 어디서든 다양한 플랫폼에 접속해 음악을 듣는 게 가능하지만 그때 가수의 노래가 녹음된 LP나 카세트테이프를 사야만 음악을 들을 수 있던 시절이었다. 그게 아니라면 라디오 주파수를 돌려가며 좋아하는 노래가 나오길 기다려야 했다. 자그마한 용돈으로 혀에서 토독토독 터지는 맥주 사탕을 먹을까, 혀가 시퍼레지는 페인트 사탕을 먹을까 고민하는 판에 좋아하는 가수의 앨범을 매번 사서 들을 수 없던 어린이 멋지는 음악을 참 좋아했나보다.

어쩌다 집에 혼자 남은 날이었다. 쉽게 오지 않는 기회였다. 아껴 입느라 학교 갈 땐 절대 입지 않는, 가장 좋아하는 땡땡이 원피스를 재빨리 꺼내 입었다. 누가 오기 전에 모든 과정을 마쳐야 했다. 카세트테이프가 들어 있는 바구니를 뒤져 전람회의 앨범을 골랐다. 창문 앞으로 의자를 끌어와 재생 버튼을 누르고 앉았다. 그 순간, 방에는 나와 노래만 존재했다. 가사를 깊이 이해할 순 없으나 멜로디의 정서는 느낄 수 있었다. 가족에게 들키기 싫었던 건 그게 내가 생각한 가장 성숙한 형태의 어른 흉내였기 때문일 것이다.

시간이 흘러 카세트테이프는 점점 사라지고 CD가 그 자리를 꿰찼다. 오색으로 반짝이는 그것은 테이프와 달라서 앞이나 뒤로 감지 않아도 버튼을 누르면 다음 곡, 이전 곡으로 이동하며 원하는 곡을 척척 틀 수 있었다. 그 무렵 집 근처에 있던 숙모네를 자주 찾았다. 다섯 살 터울의 친척오빠 방에 '3CD 체인저 미니 컴포넌트'가 있었기 때문이다. 이름마저 거창한 이 물건은 무려 CD 세 개를 한꺼번에 넣을 수 있는 플레이어였다. 다른 가수의 노래를 듣기 위해 CD를 뺐다 꼈다 하는 수고로움 없이 앨범을 넘나들며 음악을 재생할 수 있었다. '디스크'를 선택할 때마다 전면부 액정의 글자가 영어로 '1disc, 2disc, 3disc' 바뀌며 지잉, 하고 미래적인 소리를 내는 것이 아주 근사했다.

장식장엔 해외 록밴드의 앨범이 있었다. 죄 모르는 사람들이라 앨범 커버의 느낌만으로 골랐다. 노래를 틀고 나면 바로 옆 책장으로 갔다. 제목이 같은 만화책끼리 숫자 순서대로 꽂혀 있는 그 책장엔 소년만화가 대부분이었지만 오히려 좋았다. 좋아하고 애태우고 간질간질한 로맨스보다는 치고받고 성장하는 액션이 더 흥미

진진했다. '한 장 구길 때마다 한 대씩!'이라는 규칙이 있었기 때문에 조심히 펼쳐 보다가 제자리에 꽂아두기만 하면 됐다. 오빠도 학생인데 어떻게 이 많은 걸 모았을까? 우리 집보다 나은 살림살이였지만 용돈이 대단할 리 없었다. 책 한 권씩, 앨범 한 장씩 취향대로 꾸준히 좋아하면 이렇게 되는 건가? 어쨌든 멋져 보였다.

어느 날, 평소처럼 CD를 골라 재생 버튼을 누르고 책장에 갔다. 손끝에 록밴드의 드럼 비트가 둠둠 전해졌다. 지난번 읽었던 『바람의 검심』을 꺼내 방바닥에 철푸덕 앉아 이어 읽었다. 곧 운명 같은 장면을 맞았다.

1m² Home bar 구성 2_술

주인공의 스승인 히코 세이쥬로가 계절과 술에 대한 철학을 말했다. 벚꽃, 별, 보름달, 눈만으로도 사계절 동안 술은 충분히 맛있다고. 한 손에 술잔을 들고 달빛을 맞으며 '그래도 술이 맛없다면 그건 병들어 있다는 증거'라는 그에게 반했다. 술맛 하나 몰랐지만 내가 읽었던 그 어떤 시보다 가슴에 꽂혔다. 얼른 어른이 되고 싶었다. 3CD 체인저 미니 컴포넌트도, 거기에 넣을 CD도, 좋아하는 만화책도 원 없이 살 수 있는 능력과 재력을 가진 어른! 계절을 벗 삼아 한잔 술을 마시는 낭만적인 어른! 그날 연습장에 이층집을 그렸다. 때마다 나뭇잎 색깔이 변하는 걸 볼 수 있도록 1층 전면을 통창으로, 눈과 비를 가까이 볼 수 있게 한가운데 반원형의 포치를 넣었다. 2층 침실 한쪽 벽면에도 거의 천장에 닿을 듯 높이 창을 냈다. 누운 채로, 눈뜨자마자 밖을 바라볼 수 있게 침대를 창문 높이만큼 올려 그렸다. 머릿속엔 그 그림 같은 집에서 술잔을 들고 있는 나를 그렸다.

다행히 술을 좋아하는 어른으로 자랐다. 20대 초반엔 각종 찌개, 달걀말이, 황도, 마른안주 등을 파는 호프에서 먹는 소주가 주였다. 와글와글 떠들며 투명한 액체 한 입 털어 넣고, 어설프게 익은 김치를 찌개에서 건져 한 입 넣고, 얼굴이 벌게지도록 떠들다 소주 한 잔 털어 넣고, 이번엔 케첩이 뿌려진 달걀말이를 한 입 넣고. 그렇게 붕 뜨고 달뜬 마음으로 우리의 청춘과 분명히 빛날 미래를 이야기하다보면 행복하지 않을 구석이 없었다.

그런 음주에 로망이 추가된 순간을 아직도 선명히 기억한다. 홍대 골목은 감자탕과 야채곱창 가게와 지나가는 행인들로 시끄러웠다. 친구에게 2층으로 계단이 난 바를 소개받았다. 유심히 보지 않으면 그냥 지나칠 만큼 입구가 좁고 어두웠다. 계단을 올라 바 문을 열었더니 거의 모든 테이블이 사람들로 차 있었다. 어떻게 알고 왔을까. 위스키와 CD 케이스로 빽빽한 벽면을 지나 구석 자리에 앉았다. 낡은 나무 테이블 위에서 작은 촛불이 일렁였다.

이 바에서 개발했다는 칵테일을 시키자 멸치와 고추장이 기본 안주로 나왔다. 어떻게 이런 조합이! 그러고 보니 바 콘셉트가 독특했다. 콘셉트가 없는 게 콘셉트랄까? 위스키 진열장 아래로 세계 각국의 지폐가 줄지어 붙어 있고, 서로 다른 작품에 출연한 장난감 주인공이 놓여 있고, 천장에는 뜻 모를 플라스틱 인형이 매달려 있었다. 어떤 조명은 민속주점에 있을 법했고 어떤 의자는 백반집에서 가져온 듯했다. 그 와중에 스피커에서 나오는 노래가 하나같이 좋아서 몇 번이나 제목을 묻고 싶었다. 뚜렷한 지향점 없이 다양한 아이템이 혼재된 이

바는 칵테일과 멸치 같았다. 세련되지 않아도 마음을 사로잡았다. 칵테일 한 잔 값이면 소주 두 병은 마실 수 있을 정도라 고작 시킨 칵테일 두 잔으로 취할 수는 없었지만 분위기에 취해버렸다. 찾았다, 내 로망!

급발진한 로망은 이상한 곳으로 튀었다. '다음엔 다섯 잔 시켜 먹을 수 있게 돈 벌어야지'가 아니라 '이런 바를 집에 만들어야지' 하고 다짐했다. 쉽게 자주 갈 수 있으려면 내 집이어야 했다. 내가 주인이자 손님이라 누가 뭐래도 내가 좋아하는 술과 음악을 마구 담은 곳. 그림 같은 집이 아니라 반지하 단칸방일지라도, 장식장이 아닌 플라스틱 바구니에 술 몇 병 넣은 게 고작일지라도, 칵테일에 멸치처럼 내 낭만은 꼭 대단하지 않아도 되었다.

1m² Home bar 구성 3_Home

부모님을 떠나 처음으로 독립했다. 반원형 포치와 통창이 있는 그 그림 같은 집……은 어딘가에 있을 테지만 남의 집이다. 언덕 위 다세대주택인 나의 집, 매매가 아닌 월세라 집주인이 따로 있지만 어쨌든 내가 사는 집, 거실 바닥이 군데군데 파이고 겨울엔 수도관이 얼지만 볕이 잘 드는 홈 스위트 홈!

점검해보자. 우선 음악! 그동안 무엇이든 들려주는 주크박스가 음악재생 앱의 형태로 세상에 나왔다. 탱고, 시티팝, 큐반재즈까지, 누르기만 하면 재생되고 추천 음악까지 연달아 뽑아준다. 다음은 술! 봄밤 공기가 달아서, 달빛이 훤해서, 보슬비가 속눈썹에 닿으니까, 함박눈이 고요해서, 같은 계절 안주와 마실 때마다 술맛이 좋았다. 히코 세이쥬로 스승님의 기준에 의하면 난 병들지 않은 건강한 어른이 되어 소주, 막걸리, 와인, 위스키를 편식하지 않고 골고루 마신다. 당장이라도 몇 병 들여놓으면 된다. 마지막으로 '홈 바'에서 가장 중요한 '홈'을 준비했으니 이제 만들기만 하면 되는데, 딱 한 가지 문제가 있다. 이 집은 나 혼자 사는 집이 아니라 친구와 함께 사는 집이다. 그 녀석은 20~30대를 알고 지내며 내술 사랑을 지켜봐왔다.

"난 독립하면 집에 홈 바를 만들 거야. 단칸방에 살더라도. 음악과 술이 있는 집은 좋지 않을 리가 없어."

"넌 진짜 조선시대 한량으로 태어났으면 행복했을 텐데."

"응! 서자. 꼭 양반집 서자로! 조선 초기에 서자는 과거 시험을 못 봤대. 할 일은 없고 돈은 많은데 어떻게 하겠어? 나 같으면 맨날 음악 하는 친구들이랑 계곡 같은 데 가서 그림 그리고 시 짓고 술 마셨을 거야. 취하면 거문고도 좀 튕기고. 아! 가명으로 작품활동해도 됐겠다!"

이런 대화가 오갈 때마다 고개를 내젓던 선임이다. 처음 이 동네에 왔을 땐 돈이 없기도 했고 언제까지 같이 살 줄 몰라 꼭 필요한 공간만 꾸렸다. 5년쯤 같이 살았으니 이젠 온전히 내 취향을 위한 공간을 만들어도 될 것 같다. 그러니까 이 글은 어릴 적부터 음악을 열망하고 낭만을 갈망했던 김멋지가 홈 바를 만들기 위해 위선임에게 올리는 제안서다.

장소는 거실 식탁 옆, 넓이는 소박하게 1제곱미터. 블루투스 스피커 하나와 버번위스키 한 병, 말벡 와인 한 병, 플라스틱 소주 한 병으로 시작할게. 거슬리지 않는다면 턴테이블 예쁘고 작은 걸로 하나 사서 탱고 LP 몇

장 밀어 넣고. 당장은 작게 운영하겠지만 조금씩 커질 수도 있긴 한데…… 그쯤이면 너도 내 바의 단골손님이 됐을지도?

선임이는 잘 살 줄 알았다

위선임 씀

대체 가족이 뭔데?

김멋지를 알게 된 지 무려 20년 차다. 같이 산 지는 5년 차. 긴 여행을 함께 다닌 것은 거의 2년. 이 친구와 함께하는 기간과 추억과 나이가 늘어가며 자주 받는 질문들이 생겼다. 사귀는 사람 있어? 결혼 생각은 없나? 혹시 비혼주의? 같은 것들이다. 간혹 그와의 관계를 친구가 아닌 연인으로 추측하는 이들도 있었다. 질문과 오해를 자주 받다보니 생각하게 되었다. 대체 이 녀석과의 관계를 무어라 정의할 수 있을까.

단순히 '친구'라 말하기에는 턱없이 부족하다. 관계의 속성을 따져보자면 친구보다는 '가족'에 가깝지 않을까 싶어 국립국어원의 사전적 정의를 찾아보니 아니었다. 가족은 "주로 부부를 중심으로 한, 친족 관계에 있는 사람들의 집단. 또는 그 구성원. 혼인, 혈연, 입양 등으로 이루어진다"고 한다. 멋지와 나는 부부도 아니고 친족 관계도 아니다. 혼인, 혈연, 입양 그 어느 범주에도 들지 않는다. 현재의 사전적 의미에 따르자면 우리는 가족이 아니다. 그럼 '식구'는 어떨까. "한집에서 함께 살면서 끼니를 같이하는 사람"이란다. 오, 이거다.

한집에 살고 있고, 하루에 한 끼 이상은 함께 먹는다. 1~2주에 한 번씩 같이 장을 본다. 마트의 식료품 코너를 돌며 내가 좋아하는 과일뿐 아니라 녀석이 좋아하는 순대도 한 묶음 카트에 던져 넣는다. 사 온 것들을 지지고 볶아 대체로 같이 밥을 먹는다. 오늘 아침에도 세일할 때 대용량으로 산 손질 고등어 한 팩을 뜯어 같이 구워 먹고 출근했다. 명백한 식구다. 하지만 같은 집에 살며 밥을 같이 먹는다는 것만으로 그와 나의 관계를 정의하자니 무언가 부족한 느낌이다.

각자 본가에 다녀온 날은 식구를 넘어 가족에 조금 더 가까워진다. 복귀하면 양가 화합의 반찬 파티 개최로 냉장고가 꽉 찬다. 내 손에 들린 색색의 보따리에서 다양한 식재료가 쏟아져나온다. 딸내미 온다고 이것저것 준비해 바리바리 싸주신 엄마의 사랑이다. 그런데 꽁꽁 싸맨 비닐봉지들을 하나씩 풀자 그 사랑이 나를 향한 것만은 아님이 느껴진다. 방금 푼 검은 봉지에서는 내가 좋아하는 임연수어가 나왔는데 바로 이어 풀어본 노란 봉지에서는 별로 선호하지 않는 삼치가 굴러 나온다. 곁에서 함께 봉지 해체 작업을 돕던 멋지가 씩 웃는다. 그렇다. 삼치는 멋지가 좋아하는 생선이다.

품목은 같은 패턴으로 이어진다. 파란 봉지에는 내가 좋아하는 소고기가, 분홍 봉지에는 멋지가 좋아하는 돼지고기가 들어 있다. 돌돌 말린 벌집삼겹살 곁에 푹 찔러 넣은 두릅을 꺼내보니 미나리다. 우리 어무니, 김멋지가 삼겹살에 미나리 곁들여 구워 먹는 조합에 정신 못 차린다는 것까지 간파하고 계신 게다. 행복 과다 충전으로 콧구멍을 벌름대던 멋지는 우리 엄마와 통화한다.

"아이고오, 어무니, 감사해요오. 저 삼겹살에 미나리 조합 진짜 좋아하는데에. 흐흐흐흐."

한껏 고양된 엄마 목소리도 전화기 너머로 흘러나온다.

"멋지야아, 거기 맨 아래 봉지 열어봐라. 주꾸미도 있다아. 그건 술안주다아. 너 쏘주 한잔할 때 볶아 먹어라잉."

허참, 사위여 뭐여. 이미 나는 안중에 없어진 둘의 통화는 이어진다.

"멋지야, 그 호박은 말이지, 아삭거리게 삶아서……. 너는 알지? 그 양지는 말이다, 국거리니까……. 멋지야,

알지? 너는 뭔 말인지 알지?"

몇 번을 반복하는 엄마의 '너는 알지?'에 실소가 터진다. 김멋지와 살기 전 홀로 자취하던 시절에도 엄마는 갈 때마다 항상 먹을 것들을 싸주었다. 하지만 그때와 지금은 품목에 상당한 차이가 있다. 그때 엄마가 챙겨주신 것들은 모두 완제품 상태의 반찬들이었다. 본인의 딸내미가 요리 쪽으로는 관심도 의지도 실력도 없다는 사실을 익히 깨치셨기 때문이었다. 멋지와 함께 살기 시작하며 비닐 속 음식의 양상은 달라졌다. 호박이나 가지, 고기 등이 조리되지 않은 채로 실려 왔다. 요리에 지대한 관심과 불굴의 의지와 훌륭한 실력을 고루 갖춘 멋지에게 엄마는 항상 고마워했다. 멋지 덕분에 딸이 도저히 음식이라 할 수 없는 형편없는 어떤 것이나 자극적인 배달 음식을 먹지 않아도 된다는 사실에 깊이 안도했다. 그리고 안도하신 만큼 강조했다. 늘 감사해라, 설거지는 네가 해라, 청소도 네가 해라, 빨래도 네가 해라, 다른 것도 다 네가 해라……

김멋지의 손에도 각종 봉지가 가득하다. 열어보니 고구마니, 단호박 따위가 잔뜩 나온다. 멋지는 퍽퍽한 식감을 싫어해 입에 대지 않는 것들이다. 내가 구황작물에 진심인 것을 아시는 멋지 어머니가 챙겨준 것이다. 또 다른 봉지를 열어보니 단팥빵과 만쥬, 브라우니 등 빵이 가득하다. 멋지 어머니가 일하시는 베이커리의 빵이다. 안타깝게도 당신의 딸내미는 빵을 좋아하지 않는다. 그 런데 그 빵? 내가 좋아한다. 멋지 어머니는 나를 위해 늘 빵을 좋아하지 않는 멋지 손에 빵을 들려 보내주었다.

식구를 넘어 가족이라 느껴지는 순간들은 또 있다. 유 난하게 힘든 하루였다. 딱히 뭘 하지 않는데도 온몸이 쳐지는 날, 하려고 했던 모든 일이 약속이나 한 듯 나를 골탕 먹이는 날. 얼마 전이 그런 날이었다. 일하다 실수 를 연발했고, 대차게 혼났다. 자괴감과 스트레스가 가 득 차 마음이 갈 곳을 잃고 울렁거렸다. 꾸역꾸역 버티 다 퇴근해 집으로 달리는 강변북로에서 욕구가 스몄다. 어서 집에 들어가 김멋지에게 내 하루가 얼마큼의 농도 로 구렸는지 '썰'을 풀어내고픈 욕구가.

도착해 주차하며 집을 올려다봤다. 2층 창가로 불 켜 진 방 안의 빛이 스며 있었다. 그걸 보자 스르륵 긴장이 풀렸다. 안 되겠다 싶어 대문으로 향하던 발걸음을 집 앞 편의점 쪽으로 틀었다. '썰'을 촉촉하게 풀어내려면 곁들일 음료가 필요할 것 같았다. 바구니를 들고 맥주 코너로 직진했다. 나는 라거파지만 바구니에 던져 넣는 11,000원에 4캔 맥주 라인업에 김멋지 취향의 흑맥주를 빼놓지 않았다.

믿음이 있다. 문을 열고 들어가는 내 손에 맥주가 들려 있다면, 녀석은 하던 일을 멈출 거다. 뭘 하고 있었건, 그 뭐 중한 일이냐는 표정과 적당히 무심한 태도로. 소주나 사 오지 맥주가 웬 말이냐 한 소리 하면서도 홀짝이며 내 말을 들어줄 거다. 맥락에 전혀 맞지 않는 리액션을 내놓거나 난데없이 춤을 춰 나를 기가 차게 할 게다. 하지 말래도 계속해 끝내 욕이라도 하게 할 테지. 나는 김멋지를 욕하다 진짜 욕할 것들을 잊고 만다. 그 부작용이 싫지 않다.

들어보면 결혼한 친구들이 영위하는 여느 부부의 삶과 별반 다르지 않은 모양새다. 이 정도면 식구를 넘어 가족이지 않을까? 하지만 우리는 가족이 아니다. 법적으로는 그저 세대원과 세대주, 그 이상도 그 이하도 아니다. 그 때문에 어떠한 지원과 보호도 받을 수 없다. 하지만 딱히 억울하거나 아쉽지 않았다. 이렇게 오래 같이 살 거라고 미처 예상치 못했기 때문이었다. 멋지도 나도 함께 사는 이 삶의 형태를 완성된 것으로 인식하지 않고 '잠시 거쳐 가는' 단계로 생각했다. 언젠가 꾸릴 가족의 모양에는 남편도 아이도 있을 거라고 막연하게 생각했다. 별다른 이유는 없었다. 그저 당연히 그럴 거라고 여겼다.

우리의 동거가 언제 끝날지 모른다는 점은 많은 선택에 영향을 미쳤다. 처음 집을 구할 때 2년이 아닌 1년으로 계약했고 가구를 구입할 때도 언제나 중고를 택했다. 집에서 사용하는 인터넷도 몇 년씩 묶여야 하는 약정을 피해 언제든 해지할 수 있는 지역 케이블에 가입했다.

자질구레한 생활 소품들 역시 다이소를 선택했다. 물론 돈이 없는 것도 큰 이유였지만 굳이 큰 내구성이 필요치 않다고 판단했기 때문이었다. 그 물건의 생명력보다 그 물건을 함께 쓸 기간의 생명력이 먼저 사그라들겠지 했다. 한쪽 누군가가 연애를 시작해 결혼을 생각하는 시점이 오면 언제든 이 동거는 막을 내릴 수 있다고 생각했다. 그런데 이런? 연애를 거듭하면서도 결혼하고픈 사람은 없었고, 그렇게 함께 산 지 5년 차에 접어들었다.

지금은 생각이 달라졌다. 이 친구와 사는 동안 '누군가와 함께 살아가는 것'에 대해 많은 걸 느끼고 생각할 수 있었다. 타인과 삶을 포갠다는 것은 비단 결혼이나 출산처럼 전통적 의미의 가정을 꾸린다는 교과서적 개념이 다가 아니었다. 그보다 훨씬 더 농밀하고 지질한 생활밀착형 개념에 가까웠다. 이렇게나 다른데 이토록 잘 맞을 수 있고, 이토록 잘 맞으면서도 동시에 이렇게나 싫을 수도 있다는 것이 우리가 함께 살며 느낀 것이었다.

가족의 개념과 의미에 대해 잘은 모르겠지만 멋지와 자주 이야기했다. 함께 살수록 삶이 이 정도면 꽤 괜찮은 모양인 것 같다고. 이 정도의 안정감과 즐거움, 상대로 인해 변해가고 발전한다는 느낌을 받고, 그 감각이 마음에 든다면 말이다. 서로가 윈윈하는 시너지가 있다면 식구든 가족이든, 세대주와 세대원이든 함께하는 그 상대와 형태는 크게 중요치 않은 것 같다는 생각이 무작

위로 들었다.

언제까지 이렇게 살지는 모르겠다. 그런데 이제는 그걸 굳이 알아야 할까 싶다. 가족은 꼭 한번 정해지면 '프롬 검은 머리 투 파뿌리'여야만 할까. 오늘 이런 글을 끄적이고 내일 바로 눈이 획 뒤집히는 이성을 만날 수도 있다. 얼마 뒤에는 그와 함께 살아보겠다고 웨딩홀을 알아보고 다닐지도 모른다. 또 다른 동성 친구를 만났는데 너무 잘 맞아 그와 함께 살아보고 싶을 수도 있고 주위 친한 지인들과 타운을 이뤄 함께 모여 살 수도 있다. 언제라도 절차 없이 헤어질 수 있고 언제든지 유기적으로 변할 수 있는 조립식 가족이면 안 되는 걸까.

더 이상 지금 이 친구와 함께 살아가는 지금의 삶을 거쳐 가는 징검다리라고 생각하지 않는다. 언제까지일지는 모르지만 현재 삶에 집중한다. 부담이 없다 해서 책임과 배려가 없지 않다. 오히려 그렇기에 서로에게 더 좋은 사람이 되려고 노력한다. 그 모든 것을 차치하더라도 자신 있게 말할 수 있는 것은, 앞으로 내가 누구와 살더라도 이 친구와 함께 살았던 기간이 나를 더 좋은 동거인, 더 편한 식구, 더 나은 가족이 되게 해줄 거라는 점이다.

친구라 말하지만 그것만으로는 부족하고, 가족이라 하기에는 피가 섞이지도 않고 서류로 약조하지도 않아 사전적 정의에 맞지 않는 사이. 지금은 딱히 멋지와 나를 명명할 적확한 단어가 없다. 하지만 꼭 무엇이라 단정해야 할까. 꼭 이름 붙여야 할까. 꼭 영원해야 할까. 묻고 싶다. 대체 가족이 뭔데?

화장실 밖 세계여행

우리는 다세대주택에 살고 있다. 아주 오래된 집이다. 재개발을 앞둔 구역이라 이 동네 집들은 전부 빈티지가 상당했다. 장점은 상대적으로 집값이 매우 많이 행복할 만큼 저렴하다는 것이고, 단점은 그 장점을 뺀 전부다. 개중에 '단점 오브 더 단점'을 꼽자면, 집의 연식 때문에 문제가 잦다는 것이다. 사소한 고장부터 무거운 하자까지 문제는 다양했다. 그 덕분에 우리는 살면서 쉬 마주하기 힘든 다양한 에피소드를 겪었다. 냉동실에서 꺼낸 물만두 덩어리를 벽에 던져 깨보려다가 만두가 아닌 벽을 부순다거나, 빗줄기가 조금이라도 세차게 내릴라 치면 범람하는 창틀에 붙어 하염없이 걸레질을 해야 하는 등의 일들이었다.

하지만 이 모든 일은 귀여운 수준이었다. 한 단계 레벨 업된 사건이 벌어졌다. 어느 날 출근하러 나선 아침, 온 세간살이가 나와 번잡해진 1층 뷰를 맞닥뜨렸다. 뭔 일이람? 싶은 그때, 널브러진 세숫대야보다 한층 더 심란한 1층 아주머니의 표정을 보았다. 심상찮은 일임을 직감하고 까닭을 묻자 슬픈 답이 돌아왔다. 아랫집 안방 천장에 누수가 생겼다 했다. 천장으로부터 흘러나온 물이 온 벽지를 타고 바닥으로 흘러넘쳤다고. 집 안을 대대적으로 보수해야 해 온갖 짐들이 내쫓긴 것이라 했다. 아아…… 절로 탄식이 흘렀다. 전반적인 수리라면 하루 이틀로 끝날 것이 아닐 텐데, 저 상태로 어찌 사누……. 전쟁 통 같네. 안타까움과 동시에 오래된 재개발구역에 사는 자의 짠한 이기심이 떠올랐다. 주어가 '우리 집'이 아니라 천만다행이라는 생각이었다. 그러나 그 안심이 설불렀다는 것은 오래지 않아 밝혀졌다.

공교롭게도 아랫집 101호의 안방 천장은 201호인 우리 집 화장실 바닥과 맞닿은 구조였다. 이 집에 거주한 지 2년이 넘었는데 처음 알게 된 사실이었다. 사실, 관심 밖이었다. 이웃 간의 교류라고는 전무한 차디찬 시티라이프 속에서 아랫집 모양새는 내 세계 바깥의 그 무엇이었다. 하지만 101호 누수 사건으로 두 집의 구조는 임대인과 임차인 모두에게 첨예한 관심사로 떠올랐다. 같은 건물의 1, 2층 공간 분리를 어째서 그렇게 파격적으로 했는지 알 길이 묘연했다. '공교롭다'라는 단어를 이보다 더 잘 설명할 수 있을까?

다행히 인성 고운 집주인은 문제를 해결해주겠다 나

섰다. 덕분에인지 덩달아인지 우리 집까지 전면 공사에 들어갔다. 이 모든 상황이 갑작스러웠지만, 좋게 좋게 생각하기로 했다. 어찌 되었건 나쁜 일만은 아니었다. 내 집의 낡은 화장실도 이참에 고쳐지는 거니까! 그리고…… 이 생각 또한 설불렀다는 것이 차츰 밝혀졌다.

시공은 언제나 그렇듯 늦어지고 미뤄졌다. 당초 3~4일로 통보받은 시공 기간은 각종 변수들을 양산해내며 근 한 달 가까이 이어졌다. 내 일이 아니어서 다행이라 생각했던 1층의 난잡한 뷰가 우리 집에도 펼쳐졌고, 온갖 번잡과 번뇌가 혼합된 1층 아주머니의 표정이 우리의 얼굴로 복사되었다.

노후한 집이 대체로 그렇듯 윗집 덕분에 수리하게 된 화장실 말고도 이 집에는 문제가 가득했다. 작업반장님은 집 안 곳곳을 산보하듯 다니며 여기저기 두드려보고 열어보고 닫아보고 쓸어보았다. 그러면서 우리가 싼 집값을 취하는 대신 감내하고 살던 수많은 '빡침 포인트'를 귀신같이 짚어냈다. 그러고는 그 문제들을 집주인에게 보고하며 수리의 필요성과 당위성에 관해 일장연설 프

레젠테이션을 했다. 반장님의 마케팅 방법인지 직업적 소명의식인지 알 길이 없었으나 우리로서는 반가운 일이었다. 프로페셔널한 반장님과 너그러운 집주인의 합작으로 우리는 얼떨결에 집의 여러 하자를 수리할 수 있게 되었으니 말이다.

그중 가장 큰 건은 거실 바닥재의 보수공사였다. 겹겹이 깔린 장판을 들어내고 흡사 공룡 발자국처럼 여기저기 파인 곳들에 시멘트를 개어 메우고 말리는 평탄화 작업을 했다. 덕분에 공사가 지속되는 내내 식탁을 잃었다. 애당초 아랫집 안방과 맞닿아 있는 화장실만 공사하려던 계획이었기 때문에 주방 앞 거실에 둔 식탁을 쓰지 못할 거라고는 예상치 못했다. 우리 집은 아담한 사이즈로, 앞서 말한 그 바닥 공사 현장의 바로 앞에 식탁이 있는 구조였다. 시멘트 가루 날리는 곳에서 밥을 먹을 수는 없었다. 비록 여행 중에는 매캐한 매연과 소똥이 즐비한 인도 거리에서 손으로 카레를 비벼 먹던 우리였지만 내 집에서 일어나는 일은 사뭇 느낌이 달랐다.

바닥에서 밥을 먹고 싱크대에서 이를 닦았다. 화장실은 집주인의 기지와 배려로 지하에 있는 집들 중 공실의 것을 쓰기로 했다. 문제는 오래도록 비어 있던 그곳의 화장실 컨디션이었다. 이집트 여행 때였나? 도저히 두 눈 뜨고 볼일을 볼 수 없어 눈과 콧구멍을 포함한 얼굴의 구멍들을 모두 자의로 차단한 후에야 용변을 볼 수 있었던 화장실이 떠올랐다. 가는 길 복도에는 조명도 없어 칠흑같이 어두웠다. 하지만 어쩌랴. 급똥을 해결하기에 집 근처 개방 화장실은 너무 멀었다. 결국 우리는 여행 때처럼 화장실 행차 시마다 헤드랜턴을 머리에 낀 채 서로의 용변타임에 동행해주었다. 상대적 시급성이 떨어지는 샤워는 본가를 방문하거나 운동 후 헬스장에서 해결하는 삶을 지속했다.

삶의 질이 전쟁터 피란민 수준으로 곤두박질쳤다. 말로 다 할 수 없는 불편함이 새로 깔린 욕실 타일 개수만큼이나 널브러졌다. 심란해하는 나와 달리 멋지는 거실에 나부끼는 모래와 시멘트를 보며 껄껄 웃었다. 아프리카 사막의 듄이 생각난다 했다. 맞다. 여러모로 지금의 모양새는 거지꼴로 다녔던 세계여행 때 느낌이 많이 났다. 멋지가 말했다. "팬데믹 이후 이렇다 할 여행을 못 간 그리움을 풀어주려는 운명의 배려 같지 않냐?" 정수리까지 화가 치솟

다가 어이없어 피식 웃었다. 저치의 세상만사 무사태평 마인드가 빛을 발하는 순간이었다. 그래, 화를 내어 무엇 하랴. 짜증을 부려 뭣에 쓰랴. 삶이 곧 여행인 것을…….

하지만 김멋지표 긍정 마인드로도 견디기 힘든 포인 트가 있었다. 작업반장님 응대 문제였다. 반장님은 끝 없는 TMI식 화법을 구사하시는 분이었다. 우리가 궁 금한 것은 그저 '그래서 화장실 공사가 언제 마무리될까 요?'였다. 언제쯤 내 집, 내 변기 위에서 고요하게 멍 때 리며 하루의 시름을 배설물과 함께 내려보낼 수 있느냐, 그것만 질문했을 뿐이었다.

하지만 그 답을 듣기 위해 우리는 배수관의 구조와 밸 브 모양이 수압과 누수에 미치는 영향에 관한 논문급 이 야기를 먼저 들어야 했다. 의아했지만 그 정도는 맥락상 이해할 수 있는 범위였기에 경청했다. 문제는 그것이 긴 서사의 인트로였다는 것이다. 이야기는 길게 이어진 배 수관처럼 나아가 몇 년 전 시공해주었던 집의 에피소드 로, 더 뻗어나가 그 집에 살던 세입자의 사연으로 이어 졌고, 그 집 사는 사람이 아산병원 간호사였는데 3교대

근무로 집에 있는 시간이 없었어, 따위의 대서사를 들어야 했다. 귀에 누수가 생길 즈음까지 들었으나 당초 질문했던 내용에 대한 답은 끝내 없었다. 모든 서사에 영혼이 반쯤 나간 듯한 고갯짓으로 화답해드린 후 다시 타이밍을 잡았다.

"아니, 그래서 저희가 언제쯤 여기서 샤워를 할 수 있는지……."

"아니, 그러니까 내 말부터 들어봐. 3년 전 시공했던 집은 말이야……."

아아…… 실패했다. 다시 인트로로 빠져드는 매직이라니! 뫼비우스의띠 같은 반장님의 대화의 숲.

이 외에도 웃을 수만은 없는 일이 많고 많았다. 출근이 늦는 날에도, 휴일에도 알람을 맞춰놓고 일어나야만 했다. 아침 '이이이이이일찍' 오시는 작업반에 문을 열어드려야 했으니 말이다. 덕분에 매일 아침 변장 수준의 메이크오버 과정을 적나라하게 들켜야만 했다. 눈곱을 쌍으로 달고 인사하는 산발의 얼굴과 반장님을 두고 출근하는 멀쩡한 사회인이 동일인임을 반장님 역시 쉬 납득하기 어려웠으리라.

길고도 지난했던 공사가 마무리된 건 방바닥에 시멘트 가루가 나부끼기 시작한 날로부터 근 한 달 만이었다. 퇴근 후 귀가하니 집 안은 오묘한 광경을 선사했다. 광란의 공연이 끝난 후의 콘서트장 같았다. 우주 대폭발의 한가운데에서 업그레이드된 화장실만이 고고히 빛을 발하고 있었다.

그리고 발견했다. 요청하지도 않았건만 화장실 창문에 정갈하게 붙은 단열 시트지와 현관 안쪽으로 위치가 옮겨진 고구마 박스를. 이건 뭐지……? 갸우뚱갸우뚱 고갯짓을 연발하다 불현듯 기억 한 줄기가 떠올랐다. 끊길 듯 끊이지 않던 팔만대장경 같은 반장님의 대화 중에 흘리듯 하시던 말씀들이었다.

"이 집 화장실 창문 외풍 들어서 춥겠네, 안 그래? 이전에 내가 살던 집은 말이야……."

"아니, 고구마를 이 추운 날 베란다에 두면 어째? 여기 두면 차가워서 얼지. 무릇 고구마란 말이야……."

집 안을 가득 메우던 반장님의 음성이 사라진 고요한 집. 구석구석 꼼꼼하게 매만지고 가신 그 마음에, 우리 마음도 새로 발린 실리콘처럼 하얗게 빛났다.

'하는' 사람과 '되는' 사람

같이 살수록 느낀다. 멋지와 나는 종 자체가 다른 생물체라는 걸. 며칠 전 아침의 일이다. 일어나 거실로 나오자마자 빵 터졌다. 거실 테이블에 놓여 있는 노트가 근원이었다. 활짝 펼쳐진 종이 위, 낯선 흔적이 보였다. 빼곡하게 써둔 나의 메모 옆, 헐렁한 필체로 무언가가 추가되어 있다. '항시 뭘 이렇게 열심히 쓰시나? 궁금.' 이 메모 한 줄과 정말 궁금한 표정의 얼굴 그림. 김멋지였다. 글씨체가 주인의 성향과 습성을 닮는다는 말에 동의하지 않을 수 없다. 필체 감식 따위 다 무슨 소용일까 싶다. 감았다 덜 뜬 눈으로 봐도 내가 써놓은 것과 멋지가 남겨놓은 것은 판이하게 다르다.

노트의 좌측 파트는 전날 밤 내가 남겨놓은 흔적이다. 메모를 썼다기보다 생각을 손으로 뱉었다는 게 더 정확한 표현이겠다. 머릿속이 꽉 찬 휴지통이나 잔뜩 엉킨 실뭉치 같을 때 으레 하는 일이다. 보이지 않는 머릿속 무형의 것을 밖으로 퍼내 보이는 일. 손으로 그려가며 하는 생각의 분리수거랄까. 이걸 할 때는 모니터와 키보드 대신 노트와 펜을 집는다. 행위의 성격상 텍스트만으로 부족하기 때문이다. 이리저리 묶었다 풀었다, 조합

했다 해체하는 일의 가시성이 필요했다. 역시나 종이 위 잔뜩 뱉어낸 문장들은 써졌다 지워졌다, 화살표에 실려 빈 곳으로 빠졌다 들어왔다, 난리가 났다. 머릿속을 탈곡하느라 애쓴 흔적이다. 가만 보고 있자니 저 메모 자체가 나라는 생각이 든다. 많은 시간 생각에 잠식된 채 살고, 그걸 자주 밖으로 꺼내 정리하지 않으면 힘겨워하는 종. '호모 안달복달쿠스' 위선임이다.

우측 김멋지 파트로 넘어가본다. 내가 메모를 마치고 취침하러 들어간 후 거실에서 홀로 술을 한잔 걸쳤던 모양이다. 그러다 펼쳐진 노트가 시선 끝에 걸렸던 걸까. 뭘 써놨는지 갑자기 궁금해져 펜을 들었겠지. 어떤 메모인지 궁금하다고 써놓은 그의 필체는 좌측 호모 안달복달쿠스의 것에 비해 크고 헐렁하다. 자간도 시원시원 넓다. 긍정적으로 해석하자면 이렇고, 솔직히 말해보자면 잘 쓰려는 하등의 노력이 보이지 않는 필체다. 어떤 글자는 사람이 썼다기보다 어쩌다 자음과 모음이 가깝게 조합되어 글씨로 보이는 게 아닐까 싶을 만큼 자유분방하다. 가만 보고 있자니 이 또한 김멋지 자체라는 느낌이 든다. 자신과 타인, 세상 만물에 대한 그의 너그럽고 헐렁한 태도를 거푸집으로 본떠 폰트로 만들면 이렇지 않을까. 대부분의 것들에 '그럴 수도 있지'의 태도로 응대하는 종. '호모 그러려니쿠스' 김멋지 말이다.

글씨 옆에 그려놓은 작은 얼굴 또한 화룡점정이다. 필체뿐 아니라 그림체 또한 그를 닮았다. 글씨에서 자음과 모음이 자유로웠다면, 그림에서는 이목구비가 자유롭다. 언뜻 보면 못생긴 얼굴, 하지만 매력적인 표정. 못내 궁금해 죽겠다는 얼굴 그림은 금방 종이를 뚫고 일어나 움직일 것만 같다. 어쩜 저리 슥슥, 대충대충, 되는대로, 막 그렸는데 감정이 잘 드러날까? 정말 궁금해 보이네. 아니, 잠깐! 여기까지 생각했을 때 덜그럭, 뭔가 걸린다. 가만있어봐. 내가 뭘 썼는지 궁금했다고? 김멋지가? 과연……? 의심스럽다. 호기심은 잠깐이지 않았을까. 길어봤자 몇 초쯤? 많이 궁금해하진 않았을 것 같은데? 이번에는 정말로 궁금해져 내가 그림 속 표정이 되었다.

때마침 그가 비척비척 거실로 걸어 나왔다. 전날 밤한잔의 여운이 진득이 녹아 있는 얼굴이다. 숙취를 감싸안은 안면이 평소보다 더 심드렁하다. 무념무상으로 날

스쳐가는 멋지를 불러 세웠다.

"너 진짜 내가 뭐 써놨는지 궁금했어?"

노트 끝을 곁눈질하며 물었으나 답이 없다. 묵직한 정적. 공허하게 빈 동공. 저 표정을 안다. 그는 지금 망막에 맺힌 상을 뇌로 보내지 못하고 있다. 날 보고 있지만 보고 있지 않은 눈이다. 질문 자체를 인지하지 못해 버퍼링 걸릴 때 출력되는 이목구비의 조합. 역시나 한두 번 되묻고 나서야 대답이 돌아왔다. 여전히 무심한 목소리.

"궁금했는데, 메모가 너무 많아서 귀찮더라고⋯⋯. 읽다 말았지."

역시⋯⋯ 예상적중. 실소가 새는 순간 추가 어퍼컷이 날아온다.

"궁금하다고 써놓으면 알아서 말해줄 것 같아서."

맙소사, 이건 예상 못했는데? 아아⋯⋯ 그래, 이게 김 멋지다. 내가 뭘 썼는지 궁금했지만 읽기는 귀찮아 써놓으면 알려주겠지 하는 그와, 그가 진짜로 궁금해했는지가 궁금해져 종국에는 이런 글까지 쓰는 나. 멋지와 나는 이렇게나 다르다.

메모 이야기가 나왔으니 말인데, 김멋지도 메모를 하긴 한다. 어느 날, 우연히 그의 휴대폰 속 메모를 보고 흠칫 놀랐다. 나의 메모 앱과 달라도 너무 달랐다. 같은 기종의 같은 앱이었지만 그걸 애써 떠올려야 인식할 수 있을 정도로 달랐다. 일단, 그의 메모에는 폴더가 없었다. 주제별, 업무별로 상하 폴더링과 넘버링이 되어 있는 나의 메모 앱과 달리 그의 메모는 낱개 단위로 흩뿌려져 있었다. 음…… 점묘화 같은걸?

호기심이 일어 동의를 구한 후 다른 메모들도 살펴보니 신기한 구석은 도처에 널려 있었다. 일단 제목이 없는 것이 많았다. 크고 굵은 폰트로 자동 설정된 제목 위치에 냅다 본론을 적어놓아 제목 폰트지만 읽어보면 절대 제목은 아닌 메모들이 개발자가 만들어놓은 규율과 질서 따위 알 바 아니라는 듯 위풍당당했다. '딮ㅍ지 구매'라고만 적힌 메모도 있었다.

"이건 혹시…… 디퓨저 구매……?"

"응? 그런가?"

아아…… 할 일의 목록을 따로 정리하지 않고 그냥 메모 앱에 써놓는구나. 오타를 수정하지 않고 그대로 뒀

네? 할 일을 써놨지만 되물었을 때 '그게 뭐였더라?' 하는 저 표정은 뭘까. '와우 포인트'가 넘쳐났다. 하지만 놀라긴 일렀다. 바로 아래의 메모는 한층 고차원적이었다. '4×2+1=9' 초등 저학년 산수 교재에서나 볼 법한 수식. 그 한 줄은 고고하게 빛나며 궁금증을 불러일으켰다. 무엇이냐 물었지만 멋지는 질문을 다시 내게로 돌렸다.

"그러게? 뭐지 이거?"

무슨 수식인지, 언제 썼는지, 본인이 쓴 건 맞는지, 마법처럼 씌었는지, 멋지는 끝내 기억해내지 못했다. 음…… 추상화 같은걸?

안달복달종과 그러려니종의 차이점은 메모 외에도 수없이 발견되었다. 알람을 맞추는 방식도 판이했다. 5시, 5시 반, 6시, 6시 반, 7시로 30분 단위 칼각 알람을 맞추는 안달복달종은 그러려니종의 휴대폰 알람 화면을 보고 또 놀랐다. 5시 3분, 6시 18분, 8시 43분……. 그의 알람 화면 숫자는 좀처럼 0으로 끝나는 것이 없었다. 의미가 있는 알람들이냐 물었을 때 돌아온 그러려니종의 답은 이랬다.

"글쎄? 그냥…… 그때그때 맞추다보면 그렇던데? 그리고 끝이 막, 너무 0으로 끝나면 나는 싫드라고?"

으응……? 막, 너무 0으로 끝나는 건 뭘까……. 그건 왜 싫은 걸까…….

생각해보면 그는 한결같았다. 처음 만났던 스무 살 무렵을 떠올려본다. 지금보다 녀석을 얄팍하게 알던 때는 속으로 생각했다. '쟤, 저러다 곧 망하지 않을까.' 나름의 이유가 있었다. 내 보기에 멋지는 정말이지 아……무 생각 없이 사는 사람 같았기 때문이다. 한번 이런 얘길 한 적이 있었다. 미적지근한 같은 과 동기에서 같이 몰려다니는 뜨끈한 친구쯤의 사이가 되었을 때였다.

"너는 나보다 생각하고 고민하는 시간이 좀 짧은 것 같아."

나름 순화해 전한 말에 그가 답했다.

"맞아. 10분 이상 해야 될 고민이면 안 해. 어차피 해결 못 하거든."

명언을 날린 그는 쌓인 과제를 밀쳐두고 배를 긁으며 소주나 한잔하러 가겠다 했다. 뇌 구조가 절벽인 생물체 같았다. '역시, 내 생각이 맞았어. 쟤는 저러다 곧 망할 거야.' 멋지 몰래 내적 혀를 끌끌 차며 과제를 하느라 안달복달하던 스무 살의 나였다. 하지만 예상과 달리 그는 망하지 않았다. 대차게 고꾸라지지도 않았다. 멋지는 나의 예언 속 '곧'을 다채롭고 희한한 방법으로 매번 갱신해냈다. 결코 스러지지 않았다. 별다르게 노력하는 것 같지 않는데 신기하게 그렇게 되었다. 가끔 상태가 안 좋아졌지만 순댓국에 처음처럼 한 병이면 금세 다시 기력을 차렸고, 자주 울었지만 TV 리모컨을 쥐여주면 바로 행복해했다. 그렇다. 그는 전반적으로 행복해 보였다. 쉼 없이 노력했지만 점점 소진되어가던 나에 비해.

이렇게나 다른 종이지만, 바로 그 다름 덕에 이렇게나 오래 부대낄 수 있지 않나 싶다. 내가 생각의 숲이나 진지의 늪, 혹은 그 둘 다에 빠져 있을 때, 승모근에 힘이 잔뜩 들어간 줄도 모르고 무언가에 골몰할 때 그는 대체로 거실에서 춤을 추거나 철 지난 CM송을 부르고 있다. 거실 소파에 희한한 모양새로 육신을 녹인 채 「맛있는 녀석들」을 보며 감탄하고 있기도 한다. 혹은 그 둘 다를 하거나. 아니다. 엄밀히 말하자면 '한다'의 개념도 없는 것 같다. 그는 대체로 그냥 그렇게 되어 있다. 나는 안달복달하며 뭐든 '하는' 사람이고 멋지는 뭐든 그러려니 하며 '되는' 사람이랄까.

같은 공간 안에서 이토록 다른 무드로 공존할 수 있음에 문득문득 놀란다. 동시에 그 가볍고도 묵직한 존재감이 날 놀랍도록 환기시킨다. 아무도 가두지 않았건만 스스로가 옭아맨 좁은 방에 갇혀 홀로 안달복달할 때 그는 그러려니…… 심드렁하게 스쳐가며 나의 방에 구멍을 낸다. 창문을 내준다. 보이지 않는 어딘가로 깊이 빠져드는 나를 늪에서 건져올린다. 그가 하려던 것이 아님에도 결과적으로 그렇게 되고 만다.

'하던' 나는 그렇게 '되어' 비로소 살아진다. 멈춘 줄도 모르고 있던 숨을 내쉰다. 같이 살수록 느낀다. 꼭 같은 종이어야 함께 살 수 있는 건 아니라는 걸. 내가 뭘 써놨는지 궁금해하다 마는 녀석에게, 이 글을 바친다. 귀찮아서 안 읽을 것 같지만.

구매계의 큰손과 프로 당근러의 동거

김멋지는 큰손이다. 구매계의 '빅 핸드'. 대부분의 것들을 벌크로 사들인다. 그에게는 '낱개'의 개념이 없어 보인다. 아니, 혹시 그 낱개의 최소 단위가 '박스'인 걸까. 빚만 있던 살림살이에 살짝 빛이 들자 녀석의 이 특성은 대단하게 발현되었다.

고등어를 사겠다던 날이었다. 그는 돌연 제안했다. 그동안 사 먹던 생물 고등어 대신 손질돼 팩에 담긴 냉동 고등어를 구매하자 했다. 장 볼 때마다 한두 마리씩 사는 건 '바쁘다 바빠 현대사회'에 걸맞지 않는 것 같다 했다. 사뭇 진지한 표정과 강한 어조. 무언가를 사고 싶을 때, 그걸 공동생활비로 결제해야 할 때 나오는 세트였다. 나는 호기롭게 외쳤다. "진행시켜!" 언제나 삶의 진리를 잊어서는 안 된다. 이끌거나, 따르거나, 비키거나. 주방 영역에서 이끌 마음이 전혀 없는 나의 포지션은 대체로 따르거나 비키는 쪽이다. 지금은, 비켜서서 그의 결정을 따라야 할 때.

이틀 뒤 현관 앞에는 하얀 스티로폼 박스가 산을 이뤘다. 아연실색한 내 앞에서 자못 아무렇지 않은 척 박스를 까는 그의 손에서 고등어가 줄지어 나왔다. 끝도 없이, 하염없이, 개념 없이……. 삽시간에 집 안은 고등어 양식장으로 변모했다. 꽤 된 일이다. 하지만 이 글을 쓰는 지금, 가만있어보자, 아직도 냉동실에 몇 마리가…….

곤약 사건도 못지않다. 가만히 앉아 아무것도 하지 않을 때조차 들숨 날숨에 미세하게 출렁이는 뱃살을 목도한 순간이었다. 안 되겠다 싶은 위기감이 몰려와 식단 구성을 변경하기로 했다. 칼로리 낮은 곤약에 관심을 보이자 멋지가 슬쩍 끼어들었다. 마침 며칠 전 곤약 면으로 체중감량에 성공한 기사인지 광고인지를 봤다 했다. 사뭇 진지한 표정과 강한 어조. 온갖 면 요리에 환장과 조예가 깊은 그는 이 틈을 타 집에 여러 면 종류를 들일 심산이었다. 말릴 재간은 없었다. 이틀 뒤, 거실에는 역시나 위용이 대단한 박스들이 널브러졌다. 국수 두께 곤약, 우동 두께 곤약, 해초를 갈아 넣은 곤약, 곤약, 곤약, 곤약……. 종류도 색깔도 다양한 아이들이 줄지어 나왔다. 한 봉지씩이 아니라, 한 박스씩……. 한동안 말을 이을 수 없었다. 아무리 눈을 고쳐 떠도 망막에 맺힌 풍경은 일반 가정집이라 보기 어려웠다. 막 발주를 넣은 함바집, 식자재 마트 창고에 더 적합했다. 그 후로 한동안 군만두만 먹고 산「올드보이」오대수의 심경에 깊이 공감했다. 꽤 된 일이다. 하지만 이 글을 쓰는 지금, 아직 체중은…….

그의 벌크 사랑은 식료품에만 국한되지 않았다. 자주 감기 기운이 들락날락하던 때였다. 오한이 든다며 두툼한 수면 양말을 신다가, 금세 열이 오른다며 벗어젖히다가, 목이 따끔거린다며 차를 끓여 마시다가, 뜨거운 걸 먹으니 콧물이 흐른다며 코에 휴지를 끼워넣다가를 반복하던 나의 난리 블루스를 방구석 1열에서 관람하던 그는 혀를 끌끌 차고 고개를 절레절레 흔들다가 결심한 듯 말했다.

"진통제를 사자."

어떤 불편함이나 문제가 발생했을 때 대체로 참거나 이미 있는 것들로 어찌어찌 용써보는 타입의 나와 달리 멋지는 물건을 사들여 즉각적인 해결을 보는 타입이었다. 그에게 문제 해결은 곧 구매로 보였다. 돈으로 해결되는 일은 돈으로 하자는 주의인데, 중요한 건 그가 돈이 별로 없다는 사실이었다. 하지만 그걸 문제로 인식하지 않는 것이 또 김멋지였고, 본인이 문제 삼지 않는 것은 그 누구에게도 문제일 수 없다는 걸 나는 멋지를 통해 배웠다.

"아니, 약을 사자는 건 알겠는데……. 멋지야, 지금 시간이 늦었는데 약국 연 곳이 있겠어?"

나의 말에 그는 한심한 듯 다시 고개를 가로저었다.

"아니, 많이 사서 집에 두자고. 너 요새 계속 아프잖아. 그럴 때마다 이렇게 약국 닫았다고 한탄할 거야? 참고 견딜 거야? 이 미련한 친구야, 미리 집에 사두면 되잖아!"

이럴 때 그의 어조는 확신에 차 있다. 멋지가 말하면 대체로 그게 진리인 것 같은, 그대로 따라야 할 것 같은 알 수 없는 신뢰가 피어난다. 이때를 잘 넘겨야 한다. 이때 잘 참아야 한다. 이제는 안다. 확실하고 단정적인 어조일 때일수록 의심해야 한다는 걸. 하지만 그는 매번 거의 없다시피 한 정보와 얄팍한 지식으로도 놀랄 만큼의 확신을 창조해내는 능력자였고, 별수 없이 나는 또 설득당하고 말았다.

아무튼 그렇게 가정 내 진통제 구비 안건에 오케이를 날린 후 며칠이 지났다. 배송된 상자를 보고 이번에는 시원하게 웃음이 터졌다.

"아니, 이봐, 이거…… 남은 일평생 매일 아파야 다 먹겠는데?"

이번에는 본인도 좀 놀란 눈치였다. 그래, 이게 약이라는 사실을 잊은 게지. 애써 당황함을 숨기려 지금은 안 아프냐는 질문을 날려대는 김멋지였다. 그 후 구매계의 큰손은 내 눈치를 살피기 시작했다. 잔기침에도 감기 걸린 것 같다며 약을 가져왔다. 글을 쓰다 잘 안 풀려 손으로 머리만 짚어도 두통이 오냐며 약상자를 가리켰다. 조금만 피곤한 기색을 내비쳐도 약을…….

"이봐? 이거 비타민이 아니라고…….."

이 역시 꽤 된 일이다. 이 글을 쓰는 지금, 약 친구들은 더 이상 우리 곁에 없다. 결국 유통기한이 넘어 폐기되었다.

반면 나는 구매계의 '엑스스몰 핸드'다. 생필품은 바닥을 보이며 전부 소진해야 새 제품을 산다. 구매 전에도 진짜, 꼭, 정말 필요한지 여러 번 되묻는다. 나름의 확실한 이유가 있다. 벌크로 쟁였는데 그 물건에 싫증이 나면 어쩌란 말인가? 중간에 쌓아둔 제품보다 더 나은 후속 모델이 나올 수도 있잖은가? 누군가에게 선물을 받을 수도 있고 말이다. 아니다, 다 필요 없다. 고등어와 곤약, 진통제 사건을 보라!

물론 나도 처음부터 이랬던 것은 아니다. 배송비를 아끼자고, 원 플러스 원 아이템에 혹해서, 어쩐지 금방 다 쓸 것 같은 느낌에 몇 번 쟁였다가 대차게 후회했던 역사가 나를 이렇게 만들었다. 아울러 오래 여행을 하다보니 그 특성은 배가되었다. 안 그래도 미니멀리스트의 성향이 있던 차에 삶에 많은 물건이 필요치 않다는 것을 2년간의 여행을 통해 매일 체득했던 것이다. 수시로 짐을 싸고 풀고, 매일같이 잘 곳을 옮겨 다니며, 매번 다른 문화를 접하면서 진짜 필요하다 믿었던 것들이 사실 부수적이라는 것을 뼈저리게 느꼈다. 그렇게 쌓아두는 것보다 비우는 것에서 희열을 느낀 나는 프로 당근러, 중고계의 큰손으로 성장했다. 구매보다 판매를 즐겼다. 한때 중요하다고 생각했지만 의미가 없어진 물건들은 버리거나 필요한 이에게 선물하거나 토끼밥 마켓, 평화로운 중고 국가에 팔아치웠다. 그도 아니면 기부했다. 그 '비움'의 행위로 진한 카타르시스를 느낀다. 카페인, 니코틴, 알코올처럼 중고 거래에도 중독치를 분별해낼 수 있다면 나의 혈중 당근수치는 꽤 위험군일 테다.

여행에서 막 귀국해 가진 것이 빚밖에 없던 시절의 당근수치는 굉장했다. 가진 것들을 팔아 그 돈으로 연명했다. 카메라, 휴대폰, 옷, 가방, 신발 등 품목을 가리지 않고 돈이 될 만한 것들은 죄다 팔아댔다. 2년간 여행하며 줄기차게 멨던 배낭을 팔 때는 함께한 낭만까지 같이 팔아버리는 것 같아 잠시 주춤했지만 고민은 길지 않았다. 다시 떠나게 된다면 더 많이 벌어 더 좋은 놈으로 사자며 스스로를 설득했다.

하루에도 몇 건씩 중고 거래를 하러 나다니던 시절이었다. 요상하게 거래하러 갈 때마다 마주치던 동네 주민이 있었다. 딱히 이렇다 할 친분은 없지만 안면은 튼 사이, 길에서 마주쳤을 때 나눌 대화라고는 '안녕하세요?' '어디 가세요?' 정도가 전부인 사이였다. 하필 팔러 나갈 때마다 그를 마주쳤다. 빈 배낭을 메고 가던 길, "어디 가세요?" "아, 이거…… 여행 때 쓰던 배낭 팔러요." 카메라를 들고 가던 길, "뭐 하러 가세요?" "아, 오늘은 카메라 팔러요." 하루는 그가 내게 말했다. "세간살이 다 내다 파시네요. 어디 이민이라도 가시나요……?"

비움 중독은 판매에서 끝나지 않았다. 집 안 곳곳에 너저분하게 널려 있는 모든 것이 정리의 대상이었다. 어느 날은 청소 중 책상 위에 뒹구는 종이 쪼가리를 대차게 내다 버린 적이 있다. 며칠 후 멋지가 당황한 기색으로 책상을 뒤엎는 것을 보고 나서야 알았다. 그 종이가 업무상 중요한 메모를 적은 쪽지였음을……. 노트의 모서리를 되는 대로 찢은 곳에 희대의 악필로 적어놓은 판독 불가의 상형문자 같은 그것이 중요한 것일 줄을…… 내가 알 턱이 있나.

어느 날 김멋지가 한마디 했다.

"너 이러다가 내가 쓴 메모가 아니라 나도 버리거나 내다 팔겠어……."

농담처럼 건넨 말이었지만 음? 나쁘지 않겠다는 생각이 들었다. 자고로 집 안에 필요 없는 것들은 처분해야······. 값을 받을 수 있을지는 의문이다. 무료 나눔하면 누가 가져가시려나? 일단 맞는 박스부터 구해야 하는데······. 안 되겠다. 내일은 길이가 154센티미터가 넘는 냉장고 박스라도 구하러 나가봐야지.

바퀴 달린 의자 두 개

일은 전신거울 앞에서 일어났다. 아침이었다. 세수한 안면에 로션을 도포하려던 내 곁에는 멋지가 머리를 말리고 있었다. 같은 공간, 같은 거울 앞이었지만 대화는 없었다. 무심히 각자의 할 일에만 집중할 뿐이었다. 챱챱챱, 손바닥에 로션 덜어내는 소리와 위이이잉, 헤어드라이어 소음이 섞인 시끄러운 고요 속에서 생각했다. 반평생쯤 함께해온 노부부의 아침이 이럴까. 바로 그때, 아! 묵직한 단말마의 비명이 들렸다. 바닥에 떨어진 머리카락을 줍던 김멋지가 별안간 주저앉았다. 아이고, 이런! 오늘이구나.

김멋지는 허리에 고질적인 문제가 있다. 많은 현대인이 고통받는 디스크니 협착증이니 하는 것들이었다. 페이스트리처럼 겹겹이 쌓인 문제는 어느 날 갑자기 뻥튀기처럼 터졌다. 고작 머리카락 줍는 일 따위에, 난데없이, 예고 없이. 멋지의 허리 문제가 터지면 그로부터 얼마간 나의 생활 또한 달라졌다. 제대로 걷지 못하는 멋지를 대신해 내가 그의 수족이 되어 먹고 눕고 싸는 일련의 행위를 도와야 했다.

녀석을 알게 된 지 어언 20년 차. 그간 여러 번 겪은 일에 반사적으로 몸이 움직였다. 왼쪽 손바닥에 있는 로션을 거칠고 신속하게 처리했다. 발랐다기보다 얼굴에 덜어냈다는 게 어울릴 동작이었다. 순식간에 적극적 간호 태세를 갖추는 와중, 녀석의 입에서 센세이셔널한 말이 나왔다.

"하…… 왜 하필 지금…… 나 지금 당근 거래하러 가야 되는데?"

"뭐라고?"

지금 상황에 나올 법하지 않은 생경한 단어에 한동안 이게 무슨 말인지 이해하려 애써야 했다.

"언제?"

"9시 반."

"어……?"

얼른 고개를 돌려 벽시계를 쳐다보니 9시 25분.

"뭐야? 5분 뒤라고?"

"응……."

그가 쓰러질 때도 나오지 않았던 당황스러운 감정이 오롯이 떠올랐다. 5분 뒤가 약속 시간인데 머리를 말리고 있었다고? 아아…… 성격만큼이나 무사태평한 시간 관념이여. 지적하고 비난하고 힐난하고픈 욕구가 치밀지만 이 나이쯤 먹으니 타이밍의 우선순위를 안다. 애먼 명치를 치며 턱 끝까지 차오른 잔소리를 밀어넣는다. 지금 내가 해야 할 일은 녀석 대신 튀어나가는 일이다. 일단 당근 거래를 성사시켜야 한다. 질타와 구박은 뒤로 미루기로 한다.

시계를 본다. 애써 긍정적으로 셈해봐도 옷 갈아입을 짬은 없다. 전신거울을 본다. 녀석은 접질린 허리 때문에 고릴라처럼 상반신을 두 팔로 지탱하고 있다. 내 몸뚱이에 걸쳐진 잠옷도 본다. 마침 위아래 세트다. 다행이라 생각하며 잠옷 상의를 바지 안에 끼워넣는다. 됐어. 이 정도 차림이라면 사회통념을 크게 해치지는 않겠다. 급하게 집 앞에 나온 쓰레기배출룩 정도로 통칠 수 있겠어. 모자를 낚아채 산발인 머리를 은폐하는 걸로 외출 준비를 30초 컷으로 마쳤다.

멋지의 휴대폰을 주워 들고 대신 내 것을 던져주었다.

"뭔 일 있으면 전화할 테니 받아!"

튀어나가며 녀석의 폰을 스와이프하자 페이스 아이

디가 나를 거부한다. 그래, 너희 주인에 비해 얼굴형이 너무 장방형이지? 당황하지 않고 익숙하게 비밀번호를 입력한다. 이럴 때는 개인 프라이버시 따위 옅어진 채 비밀번호까지 공유하며 살고 있는 사이가 다행인가 싶다. 당근마켓 앱을 찾아 최근 채팅을 띄우자 구매자로부터 이미 도착해 있다는 톡이 와 있다. 이런 젠장. 경보 속도를 급똥 강림 수준으로 상향 조정했다.

대기하고 있던 구매자와 인사를 나눴다. 판매자의 얼굴이 달라졌음을 알 수 없는 거래라 다행이었다. 물품을 확인한 그는 계좌번호를 물었다. 아…… 이런? 휴대폰 비밀번호까지는 외웠는데 멋지의 계좌번호는 채 외우지 못했다. 구매자에게 일단 내 계좌번호를 불러드린다. 이체했다는 말에 내 번호로 전화를 건다. "방금 내 계좌로 7만 원 들어갔을 거야. 내 폰에 푸시 알림 떴어? 오케이. 이건 내가 이따 너한테 이체해줄게."

슬쩍 보니 구매자의 만면에 복잡한 표정이 떠오른다. 그럴 만도. 이만저만해 이만저만함을 친절하게 설명해 그를 납득시키고 싶지만, 안타깝게도 내게는 지금 그럴 여유가 없다. 두 눈에 최대한 사람 좋은 웃음을 띄워본다. 단돈 7만 원에 대포 통장 따위를 융통할 만큼 한가한 사람이 아니고 사기를 칠 만큼 치밀한 사람 또한 아니니 안심하셔도 된다는 의미, 나쁜 짓 하며 살아오지 않았으니 신뢰하셔도 좋다는 내용, 죄송하지만 제가 지금 빠르게 우리의 만남을 종료해야 할 것 같다는 의지까지 그러모아서. 다행히 통했다.

3분이 채 안 되는 시간, 다소 일방적인 쿨 거래를 마무리했다. 바람처럼 집으로 향하는 언덕을 뛰어오른다. 빨리 가야 한다. 가서 상반신을 가누지 못하는 녀석을 보필해야 한다. 숨을 몰아쉬며 현관문을 잡아뜯듯 열고 들어갔다.

멋지는 미동 없이 그대로다. 무릎 꿇은 고릴라처럼 두 다리를 포갠 채. 찌푸린 미간이 통증의 정도를 말해주었다. 일단 거동하지 못하는 녀석을 부축해 침대로 옮겼다. 한 문장으로 옮기니 더없이 간단한 이 일을 행하기까지 많은 시간과 더 많은 신음, 더 더 많은 "아!"와 더 더 더 많은 "괜찮아?"가 필요했다. 언덕을 뛰어오를 때보다 땀이 더 났다. 일단 침대에 눕히고 한시름 덜었으나 이후가 문제였다. 거동하지 못하는 녀석을 두고 출근해야 하니 나가기 전에 할 일이 많았다.

　머리와 몸을 바지런히 놀렸다. 머리로는 멋지가 종일 생존하기 위해 필요한 동선과 물품을 생각했고 몸으로는 그것들을 침대로 날랐다. 일단 최대한 움직이지 않고 회복하는 것이 중요하니 일어나야 할 일을 줄여야 했다. 가만있어보자⋯⋯. 침대에서 일어나야만 할 일이 뭐가 있나. 끼니! 밥! 냉장고를 열어 반찬 통 여러 개와 소분해둔 밥 세 덩이를 꺼냈다. 가만, 누운 채로 젓가락질하는 건 힘들 테지. 고심 끝에 참치 캔도 하나 꺼내 양푼에 밥과 참치, 잘게 자른 반찬을 한데 섞었다. 비닐장갑을 끼고 손바닥으로 밥을 동글동글 말았다. 이렇게 주먹밥으로 만들어놓으면 집어 먹기 편하겠지. 희대의 요리 바보로서 맛은 보장하기 어려웠지만 괘념치 않았다. 지금 이 요리는 맛보다 형태가 중요했다. 와식 생활자 맞춤 형태 말이다. 아차차, 물도 줘야지. 뚜껑 있는 텀블러 가득 물을 담아 구부러지는 빨대를 꽂았다. 직접 눕는 시늉을 해가며 와식자가 마시기 용이한지 빨대 각도를 체크하는 세심함도 잊지 않았다. 이어서 찬장을 열어 오사쯔와 새우깡, 하리보 젤리, 오트밀 과자 따위를 꺼냈다. 녀석이 좋아해 쟁여둔 간식들이다. 몸도 마음도 심란할 테니 당이라도 충전하며 위안 삼으라는 나름의 배려였다.

다음으로 종일 누워 시간을 떼워야 할 녀석을 위한 엔터테인먼트 세팅에 들어갔다. 넷플릭스와 유튜브, SNS를 돌아다니실 때 용이하도록 휴대폰 거치대를 머리맡에 비치했다. 종일 폰을 쥐고 있을 경우 발생할지 모를 손목 통증을 예방하기 위해서였다. 아픈 것은 허리로 충분하니까. 혹 작은 화면에 질리실까 아이패드도 누우신 시선 끝 각도를 맞춰 세팅했다. 폰과 패드 충전기까지 완비.

이쯤 되자 많은 것들을 누운 채 할 수 있겠다 싶었다. 하지만 해결하지 못한 것이 남았다. 배변 활동. 안타깝게도 집에 성인용 기저귀가 없었다. 나가서 사올까? 슬쩍 운을 떼봤지만 녀석은 완강히 거부했다. 그래, 요실금 팬티가 캐주얼하게 입기 쉬운 아이템은 아니지. 그럼 어쩐다. 다행히 묘안이 나왔다. 바퀴 달린 의자에 기대 밀고 가는 것! 마침 일할 때 앉는 의자에 바퀴가 달려 있다. 침대 옆에 바짝 붙여 주차해두고 보니 의자 하나가 더 필요했다. 오래된 집이라 문턱이 있었기 때문이다. 넘을 힘이 없을 걸 감안해 문턱 너머에 의자 하나를 더 세팅했다. 하나를 밀고 가다 문턱에 다다르면 손을 다음 의자로 넘겨 짚고 다시 이동하면 될 터였다. 자, 되었어.

이렇게까지 세팅하자 시간이 꽤 흘렀다. 어서 출근해야 했다. 인사하고 뒤돌아보니 걱정 말고 다녀오라는 말과 달리 그의 미간이 잔뜩 찌푸려져 있다. 아무리 아파도 보통은 웃어 보이는 녀석인데 얼마나 아픈 걸까. 불안함과 안쓰러움과 속상함과 안타까움이 떼로 몰려왔지만 어쩔 수 없었다. 돈 벌러 가야만 했다.

출근 후 시시각각 카톡을 보내고 전화를 해가며 녀석의 상태를 체크했다. 종일 마음이 집으로 가 일이 손에 잡히지 않았다. 세상 더 없이 날카롭게 퇴근했다. 1분도 넘기지 않고 정각에. 바람처럼 날아가 현관을 열어젖히니 녀석이 벌써 왔냐며 놀란다. 침실로 뛰어들어가 상태를 체크했다.

일어나야 하는 일을 최대한 만들지 않기 위해 노력했단다. 그럼에도 일어나야만 하는 일은 화장실이어서 그

일을 줄이기 위해 수분 섭취를 극도로 제한했단다. 목이 말라 죽을 것 같을 때만 물을 한 모금씩 마시면서 목을 축였다고. 그 말에 녀석의 고된 하루가 진하게 녹아 있어 마음이 쓰렸다.

그래도 내가 차박차박 세팅해두고 간 것들 덕분에 하루를 버텼다며 희미하게 웃는 멋지. 하루 종일 내 퇴근만 기다렸단다. 다행이다 싶다. 녀석이나 나나 하루하루 나이 들어갈 텐데, 몸뚱이 유지보수할 일이 많을 텐데, 이럴 때 서로가 없다면 얼마나 고될까. 얼마큼이나 외로울까. 침대에 걸터앉아 누운 멋지의 등을 토닥이며 방 안을 둘러보았다. 시선 끝에 여전히 문턱을 사이에 두고 주차되어 있는 의자 두 개가 걸렸다. 어쩐지 멋지와 내가 서로 의지하는 저 바퀴 달린 의자 두 개 같았다.

월급이 사라진다 해도

우리는 돈이 별로 없다. 살면서 대부분 그래왔다. 내내 잘 못 벌었던 것은 아니다. '오, 한 달에 이만큼이나?' 싶게 벌던 때도 있었고, 그걸 착실히 모아 불리던 때도 있었다. 하지만 '때'라는 어휘를 쓴다는 것은 지속하지 못했다는 의미다. 긴 여행을 다녀온 후 프리랜서로 살았다. 매월 입금되던 월급이 사라지며 삶의 안정성도 함께 증발했다.

통장 잔고 그래프는 삶의 궤적과 모양새가 비슷했다. 안타깝게도 우상향의 직선보다는 응급실 중환자의 심장박동 그래프에 가까웠다. 심정지 그래프와 비슷한 모양이 떴던 시기는 둘 다 사회생활을 하며 모은 돈을 다털어 긴 세계여행을 지른 때였다. 그것을 해내느라 각종 적금과 펀드, 예금통장까지 모조리 헐었다. 그때부터는 동기들, 친구들과 그래프의 격차가 대단히 벌어지기 시작했다. 수입은 전무하고 지출만을 행하던 시기였다.

가진 모든 것을 동원해 떠난 여행이었지만 노잣돈이라 할 금액은 소소했다. 결국 여행 중 워킹홀리데이 비자를 이용해 호주에서 딸기를 주무르는 외국인 노동자로 일했다. 눈물 나게 아끼며 지출을 최소화하고 수입을 늘리려 애쓴 9개월 후, 그래프가 상향선으로 바뀌자 미련 없이 다시 떠났다. 그러고는 다시 수입 0, 지출 100. 여행을 마치고 귀국했을 때는 그마저도 경비가 부족해 한국에 있는 친구에게 돈을 빌렸던 터라 잔고는 마이너스 상태였다.

귀국 후 멋지와 나 둘 다 전 직장으로 돌아가지 않는 선택을 했다. 덕분에 맨땅에 헤딩하며 바닥부터 다시 시작해야 했다. 살벌하게 추운 겨울, 목장갑 끼고 의류 재고 공장에서 일해 빚을 갚았다. 그래프를 마이너스에서 0으로 만든 후에는 가뭄에 콩 나듯 들어오는 기고나 강연을 악착같이 해 플러스로 만들어보려 애썼다. 그러는 동안에도 우리에게는 자주 의식주보다 우선순위의 것이 있어, 조금 모았다 싶으면 여지없이 쓸 일이 생겼다. 대부분 새로운 일을 경험하는 일이었다. 돈은 삶의 커다란 이벤트마다 충실히 제 몸을 불살라주었고, 그렇게 한 사이클이 끝나면 잔고 수준은 다시 형편없어졌다.

그 선택들에 후회는 없지만 불안감은 복리로 쌓여갔다. 아, 아니다. 이건 내 경우 한정이다. 태생이 무사태평인 김멋지는 딱히 불안해하지 않았다. 어디서 저런 여유와 자신감이 나오는지 신기할 따름이었다. 그저 우리의 능력을 믿자 했다. 다 잘될 거라 했다. 한참 못 되었는데도 굴하지 않고 그 대사를 반복했다. 대체 뭘 믿고…….문득 여행 중 보았던 아르헨티나의 페리토모레노 빙하가 떠올랐다. 두 눈에 다 담을 수 없을 만큼 광활하던 거대함. 멋지의 자존감과 태평함이 그 빙하 같다는 생각이 들었다. 내가 지금 보고 있는 그의 면모는 수면 위로 올라온 아주 작은 일각에 불과하지 않을까.

하지만 잔걱정과 불안이 많은 나는 김멋지만 믿다가는 길바닥에 나앉을 것 같았다. 재무설계를 알아보기 시작했다. 처음은 아니었고, 이미 여러 번 받았었다. 돈에 큰 욕심 없는 사람치고 이례적이라는 말을 들었다. 어느 정도 나이가 차고 받는 재무설계는 대게 자산증식이나 투자에 그 목적이 있겠지만 나는 달랐다. 생존을 위해 받았다. 내게 돈은 언제나 목적이 아닌 수단이었다. 하지만 목적이고 수단이고 나발이고 숨만 쉬는 '생존'을 위해서도 언제나 돈은 필요했다.

문제는 그 설계를 받으려면 돈을 내야 한다는 사실이

었다. 방법을 찾기로 했다. 목마른 자가 우물을 파고 가난한 자는 발품을 파는 법. 나라에서 제공하는 재무 관련 무료 서비스를 여럿 찾아냈다. 국민들의 파산을 막고 경제적 회생을 도모하기 위한 제도였다. 그중 청년 대상 서비스를 공략했다. 국가에서 제공하는 좋은 사업은 대게 수요에 비해 공급이 달려 대상자로 선정되기 위해서는 꽤 높은 경쟁률을 뚫어야 했다. 선정 기준은 대체로 이러했다.

1. 이 청년이 얼마나 돈이 없는가.

2. 그래서 얼마나 힘든가.

3. 그것만 해결되면 얼마나 훌륭한 이 시대의 일꾼이 될 것인가!

'얼마나 가난한지'를 숫자로 판별하는 1차 필터만으로는 넘치는 수요를 가려내기 녹록지 않으니, '얼마나 건실한지'와 '얼마나 훌륭해질 것인지'의 2차 거름망으로 솎아내는 것이었다. 그 때문에 자기소개나 지원동기 항목이 빠지지 않았다. 이미 취업 전선에서 같은 물음 앞에 창작의 고통으로 지친 청년들은 이 2차 관문의 허들 앞에서 쉬 무력해졌다.

　내 경우는 달랐다. 가진 재주인 글쓰기 능력이 이럴 때마다 빛을 발했다. 나는 내가 얼마나 기성세대가 가슴 한쪽에 묻어둔 꿈을 과감히 좇는 청년인지 써냈다. 꽤 드라마틱하게. 동시에 한 사람의 사회구성원으로 자립하기 위해 얼마나 착실히 애쓰는지 어필하는 것도 잊지 않았다. 일필휘지로. 거짓은 아니었지만, 사실만도 아니었다. 엄마 휴대폰 속 내 사진과 내 인스타그램 피드 속 셀카의 간극 정도랄까. 덕분에 여러 번 선정되어 양질의 설계 서비스를 무료로 받을 수 있었다. 없는 자가 생존하기 위해 장착한 정보력과 꾸역꾸역 살아가기 위해 탑재한 부지런함이 쓸 줄 아는 재주와 아름다운 합을 이룬 결과였다.

　재무설계는 그 특성상 대상자가 돈을 벌고, 쓰고, 모으는 일련의 정보를 파악해야 가능했다. 그 때문에 급여, 카드 사용 명세, 계좌 잔고, 투자 현황, 보험증권 등 삶 전반에 걸친 돈과 관련된 속살을 모조리 까고 시작한다. 따라서 대상자의 우주가 어떻게 돌아가는지 내밀하게 알 수밖에 없다. 무엇을 해 소득을 얻는지에서는 직업이, 무얼 하며 쓰는지에서는 생활이, 뭘 위해 모으는지에서는 장래 계획과 나아가 삶의 가치관까지 보이는데, 사실 이 모든 걸 모아놓으면 한 인간의 전부에 가깝기 때문이다.

사회 초년생 때는 설계사에게 칭찬도 들었다. 당시 사회가 바라보던 나는 꽤 건실했기 때문이다. 일찍이 아버지를 여의고 대학 졸업 후 취직해 어머니에게 꼬박꼬박 용돈을 보내는 20대 초반의 젊은 청년. 그게 당시의 나였다. 하지만 그 청년은 직장 생활 5년 후 다니던 회사를 그만두고 전 재산을 털어 여행을 떠났다. 그 후로는 판도가 달라졌다. 그때부터의 사연을 내놓는 과정에서 설명할 것들이 많아진 까닭이었다. 이 나이에 보유자산이 어째서 이뿐인지, 중간에 국민연금 납부는 왜 몇 년간 중단되었는지, 청약통장과 그 외 보험들을 어쩌다 해지했는지. 게다가 지금 사는 집에 세입자1로 표기된 동거인 김멋지는 부모도 형제도 남편도 아닌 친구라는 것을 설명하는 데는 많은 말이 필요했다. 더불어 내 인생의 모양을 설계사님이 이해하고 받아들이는 데 걸리는 얼마간의 정적까지 감수해야 했다. 이 작업은 한 해 한

해 나이를 먹을수록 비대해졌고, 점차 고단한 일이 되어 갔다.

비슷한 시기에 무사태평 김멋지에게도 태평하지 않은 사건들이 찾아들었다. 그 역시 많은 질문에 답해야 할 일이 생겼다. 국민연금공단에서 주기적으로 멋지에게 전화를 걸어오기 시작한 것이다. 그는 현재 수입이 없고, 과거에도 대략적으로다가 꾸준히 없는 편이었고, 앞으로도 딱히 이렇다 할 희망이 보이지 않으니 국민연금 납부를 유예해달라는 이야기를 지난하게 반복해야 했다.

멋지도 나도 설명을 마치면 대체로 비슷한 말이 돌아왔다. "와, 멋있네요!"로 시작해 "하지만……"으로 꺾이는 문장들이었다. '하지만' 이제는 노후 대비를 시작할 때죠. '하지만' 세계 물가상승률이…… '하지만' 정년이 갈수록 빨라지고…… '하지만' 기대수명은 점점 늘어나며…… 그리고 지금은 친구분과 살고 계시죠? '하지만' 언젠가 결혼하실 수도 있으니…… 등등이었다. 연타로 날아오는 부정문 앞에서 속절없이 작아졌다. 살아온 삶 전반에 '그러나'가 붙는 말들 앞에서 온전하기란 쉽지 않았다.

여러 차례 받은 설계의 내용은 대동소이했다. 현재 소득과 지출을 파악해 미래 일어날 수 있는 삶의 이벤트에 대비해 저축하는 것. 문제는 설계사분들이 생각하고 예측하는 그 이벤트라는 것이 나와 잘 맞지 않는다는 데 있었다. 이직, 창업, 결혼, 출산, 정년 등 어느 것 하나 걸어온 과거에, 사는 오늘에, 펼쳐질 미래에 쉬 대입되지 않았다. 맞지 않는 퍼즐 조각을 퍼즐 판에 끼워넣으려는 걸 넘어 2D인 퍼즐 판에 3D 레고블록을 가져다놓은 것 같았다.

결론적으로 그들은 내 재무를 설계하는 데 실패했다. 설계는 무릇 설계 자체가 아닌 그로 인한 '변화' 여부로 성공을 가늠해야 하는 영역이므로 그랬다. 설계사분들이 내준 과제를 하며 내 재무 상태를 '알아채고' 현 상태를 '반성하는' 데까지는 성공했으나 변화를 '다짐한' 내용은 도통 지키지 못했다. 시간이 지나면 나는 다시 통장을 헐었고, 새로운 무언가를 경험했으나 거듭 불안해졌다.

그러다 달라진 계기가 있었다. 또 한 번의 설계를 받

앞을 때였다. 늘 그래왔듯 어쩔 수 없는 대목에서 설계사님께 퇴사와 2년간의 여행, 그로 인한 실직과 연금 납부 중지 및 그 후의 삶을 설명했을 때였다. 설계사님은 말씀하셨다. 안 그래도 보내주신 자료를 보고 어떤 삶을 살아오신 분인지 궁금했다고, 더 듣고 싶다고. 처음 접한 반응에 당황해 더듬더듬 설명을 이어나갔다. 내내 흥미롭게 들으시던 설계사님은 이윽고 내가 쓴 책의 제목을 물었다. 받아 적더니 이어 전한 이야기는 놀라웠다.

"저는 다음 만남까지 이 책을 구매해 읽어볼게요. 그렇다면 어떤 가치관으로 살아가시는 분인지 알 수 있겠지요. 그때까지 이런저런 숙제를 해오세요. 저도 노력할 테니 우리 함께 방법을 찾아봅시다."

다음번 만남에 그는 정말 내가 쓴 책을 읽어 왔다. 책을 직접 들고 와 사인까지 요청했다. 그리고 시작된 설계는 남달랐다.

"가계부 잘 안 되면 쓰지 마세요. 책 읽어보니 필요 이상으로 과소비하시는 분은 아닌 것 같더라고요. 지인분들에게 선물하시거나 쓰는 비용이 유독 높은 것도 사람 좋아하는 분이라 그렇구나, 이해했습니다. 모두가 투자

하고 모두가 돈 많이 불릴 필요 있나요. 자신이 어떤 사람인지 잘 아시는 분이니 그 삶을 잘 살 수 있을 정도로만 관리해봅시다."

경이로웠다. 죄송한 비유지만 순간 꽉 막힌 변기를 시원하게 뚫어주는 뚫어뻥이 생각났다. 설계사님은 나를 그저 설계해줘야 할 대상자, 종이 위 숫자로만 보지 않았다. 나라는 사람 자체를 알고자 하는 본질적인 노력을 해주었고, 그래서 건네준 솔루션은 그간 받았던 그 어떤 조언보다 맞춤옷 같았다. 더불어 처음으로 인정받은 느낌이었다. 스스로 밥벌이해 한 사람 몫은 해내고 있지 않느냐는 인정. 비로소 2D가 아닌 3D의 세상으로 넘어온 것 같았다.

어쩌면 내 불안은 잔고의 숫자 때문만이 아니었을 것이다. 불편함과 이질감도 마찬가지였다. 비단 설계를 받을 때만 느낀 것이 아니었으니까. 생각해보면 오랜 친구들을 오랜만에 만났을 때도 비슷했다. 펀드, 주식, 부동산, 코인으로 이어지는 대화 사이 1인분 밥벌이의 애환은 낄 틈을 찾지 못했다. 멋지는 자주 만나는 친구들이 대부분 결혼하고 아이를 낳아 살고 있어 만나면 도저히 공통된 대화 주제를 찾기 어려워졌다 했다. 가끔 홀로 섬같이 부유하는 것 같다고. 내 불안도 통장에 찍힌 숫자의 2D가 아닌 복잡다단한 감정이 섞인 3D였다.

이전만큼 배곯을 정도는 아니지만 우리는 여전히 또래 친구들보다 넉넉지 않다. 아직도 큰 욕심은 없으니 계속 이럴지도 모르겠다. 하지만 더 이상 불안감 때문에 재무설계를 받을 것 같지는 않다. 앞으로 또 '오, 한 달에 이만큼이나?' 싶게 벌 때도 있을 테고 어느 날 또 통장을 헐고 먼지까지 털어 인생을 시즌제로 살지 모른다. 그래도 재무관리는 이번에 배운 대로 최소한으로만 할 요량이다. 잔고를 투자해 불릴 에너지를 아껴 내 삶의 더 중요한 것들에 투자하련다. 월급이 사라진다 해도 삶의 안정성까지 함께 사라지지 않도록 말이다.

백수는 돌고 돌지

친한 사이일수록 돈거래는 하지 말라 했던가. 그 고언에 따르자면 김멋지와 나는 진작에 절교한 사이다. 녀석과 나의 채무관계는 그 역사가 길고 깊다. 시작은 처음 만났던 대학시절, 스무 살 무렵으로 거슬러 올라간다. 서로 고만고만한 주머니를 차고 살던 우리 사이에는 빈번하게 채무가 발생했다. 번갈아가며, 사이좋게.

품목은 하찮고 금액은 귀여웠다. 공강 시간 허기를 잠재울 밥값 5,000원, 실기 과목 준비물값 10,000원, 학교 앞 보세 옷 가게에서 별안간 꽂힌 스웨터 살 옷값 15,000원 같은 것들이었다. 세월이 흐르며 나이의 앞자리 숫자가 2에서 3으로 바뀌었고 빌리고 갚는 돈의 뒷자리 숫자는 1만 원에서 10만 원, 100만 원으로 0이 하나씩 늘어갔다.

달라진 것은 또 있었다. 주고받는 생일 선물의 레벨이었다. 김멋지의 생일은 12월 말, 내 생일은 2월 초. 한 달 반 정도 차이를 두고 있어 서로의 탄신일을 가깝게 챙겨 왔다. 그와 나는 스무 살에 친구가 되어 곧 마흔을 바라보는 지경에 이르렀다. 생일을 챙긴 지도 어언 20년의 역사가 쌓였다는 말이다. 자연스레 그날에 부여하던 대단한 감흥은 식었고 선물에는 거품이 걷혔다.

선물 프로세스는 다분히 실용주의적으로 진화했다. 태어난 날이 가까워지면 생일자 스스로 위시 리스트를 만들었다. 필요한 물건은 언제나 넘쳐났다. 물론 필요한 것만 있지는 않았다. 개중에는 '필요'의 탈을 쓴 '욕망'의 물품이 언제나 일정 비율로 포함되어 있었다. 법정 스님께서 보신다면 개탄하실 리스트였다. 정말 필요하거나, 갖고 싶다가 끝내 필요해져버린 어떤 것들을 무작위로 작성하고 금액대별 오름차순으로 정렬해 상대에게 전했다.

리스트를 건네받은 비생일자는 그중 하나를 택한다. 당시 스스로의 재정 상황에 큰 해를 끼치지 않을 만한 금액대의 것 중 이왕이면 실용적이고, 이왕이면 정말 필요하고, 이왕이면 대단하게 생색낼 수 있는 걸로. 때로는 필요와 욕망 사이 어디쯤에 가 있는 마음을 눈치채 일부러 그 품목을 선물하기도 했다. 갖고는 싶은 것 같은데 어쩐지 스스로 사면 안 될 것 같은 것! 선물의 효용은 바로 그럴 때 빛을 발하는 법임을 우리는 잘 알고 있었다.

전달 방식에도 허례허식은 없었다. 검은 비닐봉지에 넣어 '오다 주웠다'고 던져주는 만행을 서로에게 서슴없이 행했다. 선물 증정식이 이렇게 실용성만 남는 패턴으로 진화할 수 있었던 것은 건네는 형식이나 선물의 금액으로 관계의 무게를 저울질하는 단계를 넘어섰기에 가능한 일이었다.

이 방식이 유지 가능했던 이유는 또 있었다. 당시 각자의 재정 상황에 맞는 품목을 선택한다고 했지만 그간에는 딱히 금액대에 큰 차이가 없었다. 우리의 주머니 사정은 엎치락뒤치락 해도 거기서 거기였기 때문이었다. 하지만 처음으로 그 격차가 눈에 띄게 벌어지는 시기가 도래했다. 내가 마음과 정신을 소진해버려 오래도록 일을 쉬던 때였다. 번아웃과 우울증으로 깊은 늪에 들어간 세월, 수입이 없어지자 계좌 사정은 처참해졌다.

차가운 현실만큼 추웠던 12월 말, 어김없이 김멋지의 생일이 돌아왔다. 녀석은 예년과 달리 필요 물품 리스트를 작성하지 않았다. 물어도 물어도 필요한 것이 없다는, 누가 봐도 예의상 하는 답변만 앵무새처럼 반복했다. 그렇다고 그냥 넘어가기는 싫었다. 알량한 자존심이 용납치 않았다. 고민하다 내가 선물한 것은 이갈이 방지 마우스피스였다. 35,800원짜리 선물이었다. 멋지는 피곤할 때 가끔 이를 갈았다. 보통 ASMR로 치부할 만한 수준이 었지만, 그해 겨울에는 빈도가 잦아졌다. 녀석 역시 힘들 었는지 한잔 술로 시름을 달래는 일이 많아져서였다. 마음이 무거웠다. 같이하던 일에서 갑자기 빠진 내 자리까지 메우느라 스트레스가 심해진 것 같았다.

그럼에도 생일 선물로 이갈이 방지 아이템을 선물하는 것은 망설여졌다. 하필 멋지의 생일은 크리스마스이브다. 그 날짜적 특수성과, 선물로는 쉬 선택하지 않을 법한 품목의 이질성 때문이었다. 하지만 다른 물품을 사기에 내 통장 잔고는 이미 마이너스였다. 스트레스를 줄여줄 순 없겠지만 멋지의 턱이 나가는 일은 35,800원으로 예방할 수 있겠지 하는 마음으로 고민 끝에 선물했다. 다행히 녀석은 기쁘게 받아 들고 바로 착용한 후 환하게 웃어 보였다. 망측했고, 고마웠다.

그리고 한 달 반 후인 2월 초, 내 생일도 어김없이 돌아왔다. 녀석은 내게 에어팟 프로를 선물했다. 노이즈 캔슬링 기능이 탑재된 그 아이의 가격은 359,000원. 내가 건넨 이갈이 방지 마우스피스 가격의 열 배에 달했다. 그것을 건네며 멋지는 말했다. 안 그래도 마음 시끄러울 텐데 세상의 소음에서 벗어나 평안에 이르라고. 목소리에는 무심함이 섞여 있었다. 혹여 내가 느낄 상대적 박탈감까지 의식한 살뜰한 마음이 느껴져 마음이 왈칵댔다.

그런 김멋지가 얼마 전 아이패드를 질렀다. 그림을 그리기 위해서였다. 그리는 걸 좋아하는 녀석은 여태껏 매번 4B연필을 깎아 스케치북에 그린 후 그걸 폰으로 찍고 컴퓨터에 옮겨 프로그램으로 수정했다. 아날로그도 디지털도 아닌 그 사이 어딘가의 경계선에서 확실한 애매함과 적극적인 비효율을 그러안은 작업이었다. 능률을 올리기 위해 모든 작업을 디지털로 바꾸기로 했다. 아이패드를 구입해야 한다는 것에 그도 나도 동의했지만 문제는, 언제나 그렇듯 돈이었다.

이번에는 멋지가 돈이 없는 시기였다. 결국 얼마 전 내게 빌려간 돈으로 당근마켓을 뒤져 중고 제품을 샀다. 멋지는 아이패드를 쓰다듬으면서 내게 빌려간 돈으로 샀으니 갚을 때까지는 마음껏 쓰라고 말하며 얼마간의 무안함을 호기로움으로 덮으려 했다. 하지만 나는 멋지에게 빌려준 돈을 돌려받을 생각이 없다. 빌려준 금액도 까먹었다. 언제 돈이 들어오면 어떻게 갚겠다는, 빌릴 당시 멋지의 말은 열심히 듣는 척했다. 사실 한 귀로 듣고 다른 귀로 흘리면서도 알겠다고, 그때 꼭 갚으라고, 갚지 않으면 지구 끝까지 쫓아가겠다고 답했다. 빌려주는 게 아니라 그냥 주겠다면 절대 받지 않을 녀석의 성정을 알아서였다. 그건 안 될 일이었다. 이 친구는 지금 돈이 필요하다. 아이패드도.

수없이 빌리고 갚고를 반복한 사이임에도 여태 우리는 멱살잡이를 하지 않았다. 절교하지도, 칼부림이 나지도 않았다. 이유는 간단했다. 빌려주는 사람은 돌려받을 생각이 별로 없고, 빌려간 사람은 갚을 생각을 열심히 했다. 빌려주는 이는 언젠가 벌면 갚으라 말하고, 잊었다. 빌려간 사람은 언제 돈이 생기니 갚는다 말하고, 지켰다. 날인한 것도 아니건만, 어찌 된 것인지 우리사이의 채무관계는 그렇게 선순환이 되었다.

따박따박 월급이 꽂히는 직장 생활을 뒤로하고 거친 프리랜서 생활을 선택하며 우리 사이 백수는 돌고 돌았다. 돈 없고 배고픈 시즌은 번갈아가며 찾아왔다. 그때마다 우리는 서로에게 제1금융권이 되어주었다. 대출 기준은 '신용'뿐이었다. 그때의 신용은 일반적인 기준과 달랐다. 직업이 무언지, 직장이 어딘지, 재산은 얼마인지, 상환능력이 있는지가 아니었다. 같이 보낸 세월 동안 파악한 저 친구의 성품, 상대를 생각하는 배려심, 일을 대하는 성실성에서 오는 신용이었다. 적중했다. 우리는 번갈아 일을 그만두고, 직장이 없어지고, 파산 가까이까지 가 상환능력이 제로에 가까울 때도 꾸역꾸역 서로의 돈을 갚았다. 어떻게든, 무엇을 해서든.

누구나 돈이 없을 때는 빌릴 만한 사람을 찾게 된다. 휴대폰을 들어 카톡 친구 목록을 죽 훑어보는 거다. 이 사람은? 이 친구는? 얼마를 언제까지 빌려달라고 해볼까. 가만, 이 사람과의 관계가 이 금액 정도가 되나? 어떻게 말을 꺼내야 할까? 해본 사람은 알 것이다. 이 일이 얼마나 사람의 감정과 신경, 마음을 소진시키는지. 멋지와 나는 서로에게 이 피곤한 일을 면제해주었다.

물론 둘 다 당장 닥친 문제를 시원하게 해결해줄 큰 금액을 융통해주진 못했다. 하지만 당장의 밥값과 휴대폰비, 카드 대금 정도는 책임져줄 수 있었다. 금액은 소소했지만 의미는 작지 않았다. 그것은 기본적인 생활을 해결하기 위해 앞뒤 가리지 않고 아무 일이나 시작하지 않을 여유를 빌려준 것이었기 때문이다.

겪어보니 가난이 가장 위협적인 힘을 발휘할 때는 당장의 밥값, 휴대폰비, 카드 대금이 없을 때가 아니었다. 가난의 진짜 실체는 그것이 앗아가는 '여유'에 있었다. 지금 당장 돈이 없는 것보다 내가 왜, 어쩌다, 무엇 때문에 이 상황에 오게 되었는지 생각할 수 있는 여유가 없는 것이 진짜 문제였다. 멋지가 없었다면 나는 오랜 기간 일을 쉬지 못했을 것이다. 녀석의 지원이 없었다면 휴대폰비와 보험료를 내느라 또 일을 했을 터였다. 그렇다면 나의 문제와 병이 일을 너무 많이 하며 소진된 것에서 기인했다는 것을 끝내 알아차리지 못했을지 모른다. 그것이 바로 사람들이 말하는 삶의 굴레, 인생의 쳇바퀴, 가난의 악순환 아닐까. 삶에 허덕이느라 벼랑 끝으로 내몰리지 않고 가만히 지금의 상황을 곱씹어볼 수 있게 해주는 작은 틈은 무엇보다 서로에게 안온한 비빌 언덕이 되어주었다.

이 글을 쓰는 지금, 멋지는 건너편에서 새로 장만한

아이패드를 쓰다듬고 있다. 하지만 기쁘기만 한 표정은 아니다. 스케치북을 디지털로 바꾸는 데만도 출혈이 컸는데, 추가로 필요한 주변 아이템 구매에 시름이 커진 탓이었다. 그림 그리는 목적으로 구매했으니 스케치북만 아니라 연필 또한 전자로 바꿔야 했던 것이다. 아무리 중고로 들였다 한들 아이패드의 값은 대단해 빌려간 생활비를 꽤 탕진했을 게다.

그 모습을 가만히 지켜보다 마음먹었다. 내가 선물해야겠군! 녀석이 통 크게 선물해준 에어팟을 꺼내 귓구멍에 꽂고 이 뿌듯한 기분을 돋워줄 음악을 한 곡 골라 재생했다. 한껏 고취된 무드에 자기효능감이 차올랐다. 이번 생일 선물이라며 들이밀면 될 것 같았다. 멋지의 생일은 아직 한참 남았지만 알게 무언가? 내 친구 녀석은 지금 저것이 필요하고, 나는 지금 돈을 벌고 있다. 내가 다시 한 사람의 사회인으로 복귀해 돈을 벌게 된 것은 저 녀석의 공이 크다. 이제 돌려줘야 할 때가 온 것이다. 조용하고 신나게, 애플펜슬을 검색했다. 잇츠 마이 턴이다, 인마!

턱드름 짜며 건네는 위로

토하듯 울던 날이었다. 서럽고 힘들고 다 싫고 다 망한 것 같은 날. 나는 아무것도 하기 싫은데 눈물만 저 혼자 바쁜 날. 건너편 소파에 앉은 김멋지는 별 말이 없었다. 나 역시 눈물의 이유를 굳이 설명하지 않았다. 우울증으로 진창에 구른 지난 몇 년간 수없이 반복된 장면. 익숙한 슬픔. 별다를 것 없었다. 얼마를 그러고 있었을까. 멋지가 돌연 휴대폰을 집어 들었다. 잠시 후 블루투스 스피커가 연결되었다. 흘러나오는 음악은, 박미경의 「이브의 경고」.

내게도 너 아뷘! 멋쥔 남자가아

으어어어엉어어어유

가끔 날 유혹훼! 흔들릴 때도 있쉬워어

흑흑흐으으으윽윽윽

곧 흑흑거리는 나의 오열과 워워거리는 미경 언니의 파워 보컬이 뒤섞였다. 지금 이 상황에 이 노래를 튼다고? 기가 막혔지만 이미 하도 울어 코가 더 막힌 상황, 말릴 힘은 없었다. 일어날 힘조차 없어 바닥에 누운 채로 울었다. 그렇게 얼마 후, 기와 코가 동시에 막히는 「이브의 경고」 스토리가 2절로 넘어가려는 순간이었다. 누워 우는 나를 빤히 보던 김멋지가 몸을 돌리더니 소파 옆 협탁에서 휴지 몇 장을 뽑았다. 그러고는 내 곁으로 왔다. 뭐야, 눈물 닦아주려고? 고마워하려는 찰나, 아…… 아니었다.

녀석은 갑자기, 다가와, 내 턱드름을, 짰다……. 정말 갑자기. 그러더니 터진 고름을 가져온 티슈로 닦아내고, 그 티슈를 그대로 볼에 가져가 흐른 눈물을 닦아냈다. 고름 닦는 김에 같이 처리한다는 듯, 큰 우유 사면 딸려오는 200밀리리터 우유를 뜯어내듯. 그렇게 그는 꼬박 한 시간이 넘도록 우는 내 얼굴의 나노 단위 피지까지 전부 짜냈다. 무한 반복되는 「이브의 경고」를 BGM 삼아, 흐르는 내 눈물도 중간중간 닦아가며. 어처구니없어하던 나도 종국에는 녀석의 손이 내 얼굴 위를 지나다니건 말건 울었고, 멋지 역시 내가 얼마큼 울건 말건 짜냈다. 더할 나위 없이 가깝게 붙어 있지만 지구 반대편에 있다고 해도 믿을 만큼의 다른 온도. 그 어떤 질문도, 조언도, 토닥임도 없었지만 나는 알았다. 지금 이건 김멋지가 건넬 수 있는 최선의 위로라는 걸.

　세계여행 중에도 비슷한 일이 있었다. 남미를 여행하던 때였다. 당시 우리는 친구 C와 함께 여행하고 있었다. C는 어느 날 퇴사 했다며, 이직 전 함께 여행하고 싶다고 한국에서 우리가 있던 페루로 날아왔다. 둘뿐이었던 우리에게 C의 합류는 꽤 색다르고 설레는 일이었다. 하지만 이 기쁜 조합은 오래가지 못했다. 내가 여권을 도난당하는 초유의 사태가 벌어진 것이다. 페루 리마에서 다른 도시로 이동하던 길이었다.

　짧은 여행이었다면 여행자 증명서를 발급받으면 될 일이지만 우리는 아직 남은 날이 구만리인 장기 여행자였다. 어쩔 수 없이 여권을 재발급받기로 했다. 문제는 소요 시간이었다. 페루의 한국대사관을 찾아가 재발급 신청을 넣고 한국에서 발급된 새 여권을 다시 페루까지 국제 특송으로 발송하는, 말만 들어도 지치는 이 과정을 밟는 데는 2주 가까운 시간이 걸린다 했다. 난감했다. 고민 끝에 나 홀로 남아 여권을 발급받고 멋지와 C는 당초 계획대로 여행을 이어나가기로 했다. 멋지와 나, 둘

뿐이었으면 당연히 같이 남아 기다렸겠지만 C가 있어 그럴 수 없었다. 이직 전 소중한 한 달의 짬을 내 떠나온 여행이었다. 우리가 있다는 이유만으로 가까운 곳도 아닌 지구 반대편까지 날아온 그가 아닌가! 쏟아부은 여행 경비 또한 적지 않았을 터였다. 이 모든 것을 고려하자 그 여행의 반토막을 날리게 할 수는 없었다. 일이 왜 이 지경이 되었는지 암담했지만 그럴수록 애써 생각하지 않으려 노력했다.

홀로 남아 기다린 지 약 2주 후, 눈물과 지루함과 분노와 기타 등등의 모든 역경을 딛고 새 여권을 수령했다. 그리고 다시 상봉한 날, C에게서 예상치 못한 이야기를 들었다. 우리 모두의 배려와 희생, 임기응변에도 불구하고 C의 여행이 결국 반토막 났다는 비보였다. 사정은 이러했다. 나와 헤어진 후 멋지와 C가 이동한 도시는 고지대였다. 그때부터 C의 컨디션이 눈에 띄게 하락했다. 수많은 여행자의 계획과 추억을 삽시간에 구겨버리는 악명 높은 그것, 고산병이었다. 맥을 못 추던 C는 결국 여행 대부분을 숙소 침대에 누워 지냈다 했다. 낯선 대륙, 낯선 나라, 낯선 숙소, 낯선 천장을 바라보며 서러운 마음이 북받쳐 울음이 터졌다 했다.

"그때 내가 김멋지한테 얼마나 서운했는지 아냐?"

떠올리는 것만으로도 그때의 감정이 올라오는지 잔뜩 찌푸린 미간으로 C가 전한 이야기는 이러했다.

C가 울음을 터트리자마자 고산병 없는 김멋지는 총알처럼 튀어나갔다고 했다. 약을 구해 오겠다는 한마디 말만 남기고. 이 대목을 말하는 C의 얼굴에는 어이없음이 가득했지만, 나는 뒷 내용을 듣지 않아도 알 것 같았다. 녀석의 마음을. 한참 후에 돌아온 멋지의 손에는 다양한 것들이 들려 있었다 했다. 마테 잎이니 뭐니, 현지에서 고산병에 좋다는 것들을 수소문해 구해 온 것이었다.

"아니, 아무리 그래도 그렇지. 사람이 아무것도 못 하고 숨도 잘 못 쉬면서 울고 있는데 이역만리 타국에 그런 날 두고 튀쳐나가서 한참을 안 들어오더라니까, 나 참!"

C는 멋지를 기다리는 동안 외로움과 무서움이 범벅된 최악의 시간을 보냈다고 회상했지만, 이야기를 들을수록 나는 알았다. 그때의 김멋지는 최선을 다해 C를 보필했다는 걸.

추억을 길어 올리다보니 BGM은 「이브의 경고」를 넘어 신신애의 「세상은 요지경」으로 바뀌어 있다. 그때 페루 코파카바나의 어느 길목에서 축지법으로 날아다니며 마테 잎사귀를 찾아 헤매던 녀석은 지금 한국 서울의 다세대주택 2층 거실에서 내 얼굴의 피지를 짜대고 있다. 그때 C에게 전한 것과 같은 최고의 마음으로, 최선의 위로를 건네는 중인 것이다.

김멋지를 모를 때는 무던히도 오해했다. 솔직히, 오해할 만하지 않은가. 아니, 지금 사람이 울고 있는데 뭐 하는 거야? 「세상은 요지경」이 웬 말이며 피지 압출이 다 뭐냐 말이다. 하지만 이제는 안다. 위로의 방식이 나와 다를 뿐 그는 온 마음을 다해 함께해주고 있다는 걸. 다른 생각을 할 수 있도록, 무드를 바꿀 수 있도록.

멋지는 정확히 알고 있었다. 지금 이 눈물은 딱히 이렇다 할 이유도 근원도 없다는 걸. 실체가 없어 이름 붙일 수 없는 울음이라는 걸. 문제가 없는 문제에 해결책을 제시하는 건 의미 없다는 걸. 그 뜨겁지도 차갑지도 않은 담백한 온도의 위로는, 이 모든 걸 이해하는 멋지만이 할 수 있는 것이었다.

한 시간쯤 오열했을까. 잦아든 숨에 설움이 녹고 고마움이 피어나 그 마음을 입 밖으로 꺼내 전했다. 그는 심드렁한 표정으로 답했다.

"응, 알았어. 알았는데 맙소사…… 네 턱드름이 너무 크고 시원하게 나왔어. 잘 익었네……. 미안한데, 너무 시원하다. 또 짜고 싶어……."

하…… 이놈…….

삽시간에 고마움이 녹고, 짜증이 피어났다.

변신 합체 로봇

'김멋지와 위선임'. 이 조합은 언제부턴가 세트 상품으로 취급되고 있다. 바늘과 실, 세탁기와 건조기 수준이랄까. 각각의 효용도 괜찮지만 함께할 때 훨씬 편하고, 대단한 시너지를 내는 것들 말이다.

우리는 많은 부분이 다르다. 그저 친구였던 시절에는 그 다름이 신기했고, 함께 살게 되면서 동거인이 되자 다름은 불편했다. 그런데 같이 일을 하는 동료가 되니 다름은 되레 이득이 되었다. 이렇게까지 오래 함께할 수 있는 이유는 가치관, 유머코드 등이 비슷하거나 같은 이유도 물론 크지만 각자 다르기에 서로가 서로에게 쓸모 있던 연유도 큰 것이다.

멋지도 나도 따로 있을 때 사회에서 제법 1인분의 몫은 해낸다. 하지만 '어라? 이걸 이렇게나?' 싶게 잘하는 재주와 '어라? 이걸 이렇게나?' 싶게 지질대는 부분이 서로 다르다. 그러다보니 함께할 때의 퍼포먼스가 좋다. 뭔가를 같이할 때 시너지가 상당한 것이다. 변신 합체 로봇 같달까.

김멋지는 이름, 날짜, 시간 등에 취약하다. 보통 한 가지만 약해도 불편과 삽질이 들러붙는 것들인데 번갈아 가며 착각하니 자꾸만 실수가 줄줄 샌다. 업무 메일을 보내달라 부탁했던 날이었다. 같이하는 일이고 함께 쓰는 메일 계정이라 둘 중 아무나 시간 되는 사람이 하기로 한 일이었다. 그가 보낸 후 내용 확인 차 보낸메일함을 열었다가 깜짝 놀라 숨을 몰아쉬었다. 메일을 열자마자 보이는 '안녕하세요, ○○○ 님'으로 시작하는 수신인의 이름이 틀려 있었다. 이마를 짚으며 다음 줄을 보니 직급도 틀렸다. 그뿐만이 아니었다. 첨부파일도 빠져 있다. 이거 지뢰밭이네…….

"이봐, 이거 비즈니스 메일인데, 어쩔 거니, 하……."

그는 머리를 긁적였다.

"이상하다, 여러 번 확인했는데……."

그 후, 메일 업무는 내가 도맡고 있다.

여기까지는 응당 이해할 수 있었다. 누구든 메일 보내며 한 번씩 하는 실수이고 담당자 이름이야 친분이 두텁지 않은 관계이니 그럴 수 있지 않은가? 그런데…… 도통 이해하기 어려운 사건이 일어났다. 함께 아는 친구 '정민'을 '중식'이라 부른 일이었다. 처음에는 다른 사람을 부른 건가 싶어 듣고도 넘겼다. 하지만 멋지가 몇 번이나 그 이름을 반복하여 내뱉자 머릿속이 아득해졌다.

"이봐, 정민이를 정만이라든가 경민이라고 부른다면 그래, 이해할 수 있겠어. 근데 중식이라는 대체 어디서 가져온 거야? 그의 이름에서 지읒만 남았다고……."

그 후, 김멋지에게 호명 금지령을 내렸다.

조금 더 매운맛으로 넘어가보자. 이번에는 시간이다. 강연 도중이었다. 강연은 보통 서로 주거니 받거니 만담처럼 진행한다. 내가 어! 하면 멋지가 아! 멋지가 쿵! 하면 내가 더기덕! 하는 식이다. 오래 하다보니 나름의 템포와 쉼표가 대략 맞춰졌다.

두 시간의 강연을 하던 그날은 사정이 달랐다. 한 시간쯤 지났을 때였나, 멋지가 갑자기 경주마처럼 질주하기 시작했다. 강연하는 연사라기보다 「쇼미더머니」의 래퍼가 더 어울릴 만한 속도였다. 당황스러웠다. 눈이 마주칠 때마다 필사적인 눈짓을 했다. '왜? 왜 이렇게 빨리 말해?'라는 문장을 눈빛에 녹여. 당황스러운 건 멋지도 눈짓을 해온다는 거였다. 뭘 알아먹은 것 같긴 한데, 왜 더 달린단 말인가? 왜 계속해 숨 쉴 틈 없는 속사포 랩을 쏟아놓는가?

결국 마그네슘이 부족한 사람처럼 깜빡이던 눈짓을 잠시 멈추고 강연 중 마이크에 대고 이야기할 수밖에 없었다.

"멋지 님, 너무 바쁘신 것 같아요. 아직 시간이 많이 남았는걸요, 허허허."

녀석은 한심한 눈빛으로 날 쳐다보았다. 그의 눈에서 네가 그렇게 나온다니 나도 어쩔 수 없다는 어떤 결연함이 보였다. 멋지가 말했다.

"선임 님, 지금 강연 종료가 얼마 남지 않았어요. 시간을 할애해주신 분들께 끝나는 시각을 너무 오버하면 안 될 것 같아요. 빨리 하시죠."

아…… 그랬구나. 모든 정황이 이해되는 동시에 혼란스러워졌다. 그는 강연 시간을 착각했던 것이다. 두 시간이 아닌 한 시간으로. 이해와 납득과 혼란을 한데 주는 존재라니…….

그 후, 강연 시작 전 둘만의 브리핑 시간을 추가했다.

이런 김멋지, 매번 지질대는 것은 아니다. 또 다른 강연 때였다. 보통 연사들은 시작 전 미리 강연 장소에 도착한다. 우리의 노트북을 주최 측의 빔프로젝터, 포인터, 음향기기와 연결하기 위해서다. 그날도 여유롭게 일찍 도착했건만 강연 시작 직전까지 여유는 찾을 수 없었다. 무슨 문제인지 자료가 화면에 띄워지지 않고 음향도 나오질 않았다. 엔지니어가 달려와 여러 조치를 취해 주었지만 소용없었다. 시작 시간은 다가오는데 문제는 해결될 기미가 없자 등줄기로 식은땀이 흘렀다. 세기의 연사도 아닌 우리가 시청각 자료 하나 없이 세 치 혀만으로 시간을 수놓아야 할 판이었다.

그때 가만히 지켜보던 김멋지가 나섰다. 그는 입술을 앙다물고 형형한 눈빛을 빛내며 여러 기계의 버튼을 조작했다. 분명 그 역시 태어나 처음 만져보는 것들일 텐데도 손길은 거침없었다. 속사포 랩을 뱉던 래퍼는 턴테이블을 매만지는 DJ가 되었다. 얼마 후, 심 봉사가 개안하듯 화면에 자료가 띄워지고 막힌 변기가 뚫려 물이 내려가듯 음향이 나오기 시작했다. 전문 엔지니어도 해결하지 못한 문제를 멋지가 풀어낸 것이다. 희대의 기계치인 나는 장승처럼 옆에 서 있기만 했다. 머릿속이 블랙

아웃된 채.

그 후, 강연 자료 세팅 업무는 멋지가 도맡고 있다.

김멋지가 잘하는 것이 또 있다. 그림을 기가 막히게 그린다. 그의 극사실주의 화풍은 우리 안에 있는 '병맛' 기질을 화폭에 오롯이 담아낸다. 하지만 동시에 그는 희대의 악필이다. 과장이 아니다. 손으로 쓰는 다이어리나 수첩은 그에게 별 도움이 안 된다. 본인이 써놓은 글자를 스스로 해석하지 못하는 경우가 빈번하기 때문이다.

반면 나는 글씨를 잘 쓴다. 어릴 적부터 손 글씨로 칭찬을 받았고 캘리그래피도 곧잘 한다. 돈이 부족할 때는 캘리그래피로 아르바이트를 해 생계를 연명했을 정도다. 하지만 동시에 알아주는 그림 바보다. 이 역시 과장이 아니다. 학창 시절 패션 일러스트레이션 과제를 지하철에 두고 내린 적이 있다. 한 학기 동안 그렸던 꽤 많은 양이었고, 공교롭게도 그날은 과제 제출 마감일이었다. 지하철 유실물 센터에 연락해 백방으로 수소문했지만 찾지 못했다. 자포자기하는 심정으로 제출 마감 직전 한 시간 만에 한 학기 분을 전부 다시 그렸다. 껄껄 웃으며 지켜보던 김멋지가 말했다. "야, 한 학기를 쏟아 그린 거랑 별반 차이 없는데?" 그래, 그 정도다.

이런 멋지와 나의 그림 그리고 글씨 쓰는 능력은 여러모로 합이 좋다. 멋지가 사람의 얼굴을 본따 캐리커처를 그리고 내가 그 밑에 상대가 좋아할 만한 문구를 캘리그래피로 써 선물한 적이 종종 있다. 멋지가 로고를 그리고 내가 상호명을 써 BI 디자인을 해 생활비를 벌었던 적도 있다.

예는 또 있다. 운전을 할 줄 아는 나, 애석하게도 길치다. 지도도 잘 못 본다. 내비게이션 화면 전체에 터널로 들어가라는 표시가 나와도 당당하고 정확하게 비켜간다. 지금은 많이 숙달되었지만 처음 운전할 때 가장 많이 했던 말은 이런 거였다. "달리고 있는데 300미터 앞 우회전을 어떻게 알아? 달리면서 거리를 어떻게 측정해?"

반면 멋지는 길눈이 밝다. 한 번 갔던 길은 대체로 기억한다. 지도도 잘 본다. 걸어 다닐 때 GPS 지도를 켜도 방향감각이 없어 내비게이션 모드로 전환해 폰을 이리저리 돌려 봐야 하는 나와 달리 멋지는 지도를 한 번만 쓱 보고도 바로 길을 찾아간다. 그렇지만 아아, 녀석은 운전을 못한다. 면허까지 따놓았건만, 겁이 많아 못하겠단다. 통탄할 일이다.

생각해본다. 우리의 재주와 능력이 멋지와 나 중 한 사람에게로 몰렸다면 어땠을까. 운전할 줄 아는 내가 내비게이션도 볼 줄 알았다면? 그림 잘 그리는 김멋지가 글씨까지 잘 썼다면? 여러모로 효율적이고 편하지 않았을까. 그랬다면 이미 대성해 서울에 대궐 같은 건물 몇 채쯤 굴리지 않았을까. 이쯤 되니 의문스럽다. 왜 신은 우리를 이렇게 만드셨을까. 설계의 오류일까, 제조상의 실수일까.

우주만물의 이치를 어찌 알겠느냐마는, 같이 살다보니 '위선임'일 때도 나쁘지 않지만 '김멋지와 위선임'일 때 좀 더 많은 걸 할 수 있고 좀 더 편하다. 아마 그건 멋지도 마찬가지일 테다. 주위를 둘러보니 멋지와 나뿐 아니라 많은 이들이 그렇다. 많은 관계가 그렇다. 어쩜 이건 애초의 '계획'이 아닐까. 서로 기대어 함께 살아가라는 뜻을 담은 신의 계획 말이다. 오류도 실수도 아닌.

오늘도 바늘 위선임이 운전해 모셔간 강연장에서 실

김멋지는 자료를 세팅했다. 그 안에는 멋지가 그린 우리 얼굴 그림과 내가 캘리그래피로 쓴 강연 주제 문구가 들어 있다. 멋지가 강연 시간을 착각하지 않도록 나는 몇 번이고 재차 확인시켜준다. 돌아오는 길, 엄한 길로 가지 않도록 조수석의 멋지는 내내 내비게이션을 같이 봐준다. 집에 들어와 주최 측에 감사 메일을 보내는 건 당연한 내 몫! 오늘도 어디 한 군데씩 모자란 우리는 합체 로봇처럼 함께 일해 돈을 벌었다! 신명 나는 기분에 외쳐본다.

"우리 강연료 받을 거니까 한잔 꺾으러 갈래?"

네가 싫어할 건 알지만

보였다. 내 모습이. 멋지에게서. 기질도 성격도 취향도 많이 다르기에 그에게서 나를 발견하는 것은 흔치 않은 일이었다. 안타까웠다. 겹치는 내 모습이 대체로 별로인 것들이기 때문이었다.

첫째, 그의 분노 지수가 늘었다. 같이 차를 타고 어딘가를 향하던 날이었다. 급히 끼어드는 옆 차선 차량을 향해 멋지가 화를 냈다. 운전은 내가 했는데, 조수석에서 말이다. 놀라 옆을 쳐다보니 녀석은 삿대질까지 날려가며 씩씩대고 있었다. 놀라운 일이었다. 본래 멋지는 신기하리만치 화가 없는 사람이었다. 보통 분노는 내 담당이었다. 세상 대부분의 것들에 나름의 판단 기준이 있는 나와 달리 그는 대부분 '그럴 만한 사정이 있겠지' 하며 넘기는 태평한 사람이었다. 그날 조수석에 앉은 그가 낯설어 운전하는 내내 계속 힐끔거렸다.

둘째, 불면증이 생겼다. 멋지는 알아주는 잠만보였다. 휴일이면 하루에 네 번을 자 신생아에서 몸만 성장한 게 아닐까 하는 의심을 사던 사람, 여행 중 머리통만 대면 잠들어 반쯤은 홀로 여행하는 것 같은 자유를 선사하던 사람이었다. 그런 녀석이 어느 날부턴가 아침에 내게 먼저 인사를 건넸다. 식겁했다. 지금 일어나 있다고? 알람이 울리지도 않았는데? 도통 없던 일에 눈꺼풀에 붙은 아침잠이 홀딱 달아났다. 각성 효과가 알람보다 강력했다. 그는 푸석한 얼굴로 말했다. 지난밤이 새도록 잠을 이루지 못했다고. 그때부터였다. 고질적인 불면증과 함께 사는 나를 전혀 이해하지 못하던 녀석이 내 고충을 알겠다는 말을 시작했던 게.

마지막으로, 텐션이 곤두박질쳤다. 이전의 멋지는 대부분 하이 텐션을 가진 사람이었다. 기본 무드가 '신남'이었다. 그의 사운드는 비는 적이 없었다. 끊임없이 말을 하고 노래를 불렀다. 춤도 췄다. 가장 적합한 직종을 찾자면 '광대'가 아닐까 싶을 정도였다. 그런 그가 조용해졌다. 말수가 줄었다. 안 그래도 낮은 음역대의 목소리는 끝을 모르고 내려갔다. 표정 부자였던 얼굴이 평편해져갔다. 총천연색 무지갯빛 화면조정 같던 사람이 회색빛 모노톤의 흑백TV로 바뀌어가는 것 같았다.

낯설었다. 다른 사람이 된 것만 같았다. 이런 변화들이 하나둘 더해질수록 그는 점차 흐려졌다. 설마, 하고 의심하던 심증은 확신으로 또렷해졌다. 왜인지 알 것 같았다. 멋지는 가라앉는 동시에 제 안 깊은 곳으로 들어가려 하고 있었다. 내가 빠졌던 늪, 오래 갇혔던 터널과 비슷한 곳으로. 생각해보니 그럴 만했다. 같이하던 일에서 어느 순간 갑자기 내가 쏙 빠졌다. 대부분 멋지도 나도 처음 하는 일들이라 서로에게 의지해가며 했는데, 꽤 오랫동안 그걸 혼자 해내고 있었다. 그에 더해 일 마치고 집에 오면 깊게 침잠해 칩거하는 나를 케어하는 일까지. 안팎으로 2인분을 해내며 소진된 것 같았다. 번아웃이었다.

정신이 퍼뜩 차려졌다. 안 되겠다 싶었다. 수단을 내야 한다고 생각하자, 거짓말처럼 상황이 도왔다. 그가 일하던 방송국의 프로그램이 종영되었다. 자의가 아닌 타의로 일자리를 잃게 되었는데 그 소식을 전하는 그의 표정이 맑겠다. 만들던 프로그램이 없어지는 것에 대한 아픔보다 쉴 수 있다는 사실에 안도감이 크다 했다. 역시, 많이 지쳐 있었구나. 두말없이 그간 고생했으니 푹 쉬라 했다. 덧붙여 말했다.

"연말까지 쉬어. 올해 안에는 아무것도 하지 마. 돈 벌어야지, 하는 생각도 하지 마. 내가 어떻게든 해볼게. 너에게 휴식을 줘. 지금 그래야 할 때야."

멋지는 텅 빈 눈으로 끄덕였다. 말을 전한 당시는 7월, 여름이었다. 그에게 반년가량의 휴식을 종용한 셈이다. 그때 멋지에게 했던 말들은 과거로 돌아간다면 나 자신에게 해주고 싶던 이야기였다. 멋지보다 먼저 스스로를 소진시키고 타버렸던 시기의 내게.

그 여름부터 가을, 겨울까지 세 계절이 지나는 동안 계속 생각했다. 내가 진창에 빠졌을 때 멋지가 어떻게 해줬더라. 어떻게 대해준 것이 편했더라. 어떨 때 힘들었더라. 가만히 떠올려보니 당시의 나는 '요새 어때?' '뭐 하고 지내?' 같은 안부가 힘겨웠다. 답하기 어려웠다. 전혀 괜찮지 않고, 아무것도 안 하고 지낸다는 답을 일상적인 안부에 내놓을 수는 없었다. 그렇다고 안 좋다 말하기도 쉽지 않았다. 어떻게 안 좋고 무엇이 안 좋은지 언어로 표현하는 것 자체가 불가능한 일처럼 느껴졌다. 그래서 멋지에게 그 엇비슷한 질문들을 던지지 않으려 노력했다. 느닷없이 울음이 터질 때는 스스로도 그 이유를 몰라 당황스러웠다. 그럴 때 멋지가 애써 위로하지 않고 그냥 묵묵히 곁을 지켜준 것이 외려 큰 위로가 되었었다. 그 기억을 떠올리며 멋지가 울 때 이유를 묻거나 위로하지 않으려 노력했다. 태생이 공감적 인간이라 쉽지 않았지만 최선을 다했다.

그런 노력을 몇 번씩 반복하다보니 반년은 금세 흘렀다. 추운 겨울이 왔고, 조촐히 맞은 연말과 희망차지만은 않은 새해를 보냈다. 연도의 끝자리가 바뀌고 얼마쯤 후였을까. 문득 멋지가 말했다.

"아직 뭘 할 힘이 안 생겨."

밥을 먹던 때였던지, TV를 보던 때였는지 잘 떠오르지 않는다. 다만 매우 뜬금없던 타이밍이라는 건 기억난다. 당시 그 말을 듣고 이렇게 느닷없이 터져나오는 말이라면 오래도록 명치쯤 얹혀 있었겠구나, 생각했기 때문이다. 약속한 반년의 휴식이 끝나감을 둘 다 알고 있었지만 연말에도, 연초에도 서로 그 주제를 꺼내지 않은 것은 어떤 암묵적 합의였는데. 그게 목젖까지 치고 올라온 날이었을 것이다, 그날은.

그때쯤 나도 조금씩 조급해지기 시작했다. 아무것도 강요하지 않으려, 가장 쉬운 말인 조언을 건네지 않으려

부단히 노력했지만 참기 어려운 것이 있었다. 운동이었다. 그것만큼은 시작했으면 하는 마음이 자꾸만 비집고 나왔다. 나만큼이나 타고난 신체가 비루한 녀석이었다. 오래 쉬며 마음만큼 체력도 곤두박질쳐가는 게 보였다.

직감했다. 지금 김멋지에게 필요한 것, 현 상황을 궁극적으로 타개하고 앞으로 나아갈 수 있는 방법은 운동일 것 같았다. 내가 끝내 극복할 수 없을 것 같던 늪과 터널에서 마침내 빠져나오게 한 계기가 운동이었기에 더 권할 수밖에 없었다. 내게 맞는 것이 멋지에게도 맞을 거라는 일반화의 오류를 무릅쓰고라도 말이다. 하지만 쉽지 않은 일이었다. 이리저리 생각해봐도 녀석이 스스로 운동을 시작할 것 같지는 않았다. 그렇다면 내가 나서야 했다. 생각은 차츰 결심으로 바뀌어갔다. 결정을 내리기까지는 오래 걸리지만, 행동하는 것은 빠른 내 기질이 머릿속 생각에 모터를 달았다.

지금 녀석은 그럴 만한 의지가 없다. 본래도 쉬 혼자 그런 것들을 해나가는 성격이 아닌데 지금은 더욱 에너지가 없을 터였다. 제 몸 하나 침대에서 일으키기도 어려운 무기력이 신체와 정신을 잠식하고 있을 때 자리를 박차고 일어나 운동한다는 것이 얼마나 어려운 일인지 누구보다 잘 알았다. 나 역시 오래 겪었던 일이니까. 이럴 때는 멱살 잡고 억지로라도, 거칠게라도 늘 밖으로 꺼내줄 누군가가 필요했다. 내가 아닌, 가까운 사이가 아닌 누군가가.

게다가 멋지는 허리에 고질적인 문제를 달고 살기에 더 조심스러웠다. 자칫 운동을 잘못했다가 큰 화를 입을 수 있었다. 전문가에게 배우는 일이 필요하다고 판단했다. 생각 끝에 내가 운동을 배웠던 센터의 선생님께 멋지를 맡기기로 했다.

센터에 등록해 1:1로 트레이닝을 받는 비용은 정기적인 수입원이 있어도 부담되는 가격이다. 반년 넘게 이렇다 할 벌이가 없던 김멋지는 분명 언감생심이라 생각할 것이었다. 운동의 필요성에는 공감해도 PT까지 받을 때는 아니라고 생각할 것이다. 운동해야 하는 이유에 관해 내가 설파하면 동의하겠지. 본인도 모르고 있지 않으니까. 하지만 지금은 아니라고 할 것이 뻔했다. 그렇게 몇 번 왔다 갔다 팽팽한 대화들을 하고 나면 심리적 거부감은 더 커질 것이다. 내가 아는 김멋지는 그럴 때 아예 마음의 문을 닫아버릴 가능성이 컸다. 그 닫히는 문이 운동 전체에 대한 것이면 벼룩 잡으려다 초가삼간 시원하게 태워버리는 격이 될 것이었다. 다른 방법이 필요했다.

궁리 끝에 내가 멋지의 PT 회원권을 결제해버렸다. 센터 측에는 내 이름으로 결제하리란 것을 미리 말해두었다. 멋지에게는 추후 통보했다. 얼굴 보고 말하면 표정이나 미묘한 뉘앙스에 녀석이 혹 필요치 않은 불편한 감정을 느낄까 싶어 출근 후 카톡으로 말했다. 미리 메모장에 전할 말을 적어두고 복사 후 붙여넣기를 하고 전송 버튼을 눌렀다. '네가 싫어할 건 알지만……'으로 시작하는 장문의 통보였다.

예상대로 녀석은 길길이 날뛰었다. 말도 안 된다 했다. 하지 않겠다 했다. 하지만 소용없었다. 이미 내가 모든 것이 말이 되도록 만들어버린 후였다. 녀석이 반격의 톡을 연달아 보냈지만 '알아, 알아'만 반복했다. 날뛰던 녀석은 이내 나를 꺾을 수 없다는 것을 알아챘다. 이럴 때는 서로 같이 산 세월의 힘이 불필요한 언쟁을 줄여주었다. 내가 녀석이 날뛸 거라는 것을 예상했듯 멋지도 내가 이 정도로 밀어붙일 때는 막을 방도가 없다는 것을 받아들였다. 생각해주어 고맙다고, 열심히 해보겠다 했다.

하지만 이 글을 쓰는 지금, 녀석은 운동을 그만두었다. 다시 한번 느꼈다. 내게 좋은 것이 멋지에게도 좋을 수는 없다는 걸. 녀석과 나는 다르다는 걸. 그래도 여전히 나는 멋지가 운동을 했으면 좋겠다. 밀어붙인다고, 잔소리한다고 되는 일이 아니라는 것을 알지만.

우스갯소리이지만, 내가 또 그 빌어먹을 늪과 터널에 들어가게 된다면 네가 건강해야 또 나를 꺼내줄 수 있지 않겠느냐 엄포를 놓아본다. 반만 농담이고 반은 진심이기에 앞으로도 이 잔소리는 멈추기 어려울 것 같다. 멋지가 가진 대단한 재능들이, 타고난 낙천성이 체력의 한계로 스러져가는 것이 안타깝다. 목젖까지 치고 올라오는 말을 다시 명치쯤까지 눌러 담으며 생각한다. 내가 그 진창에 구르고 있을 때 멋지라고 하고픈 말이 없었을까. 잔소리하고 싶지 않았을까. 그가 내게 말보다 행동으로 함께해주었던 것처럼, 나도 운동하라는 말은 넣어 두고 동네라도 같이 걸어본다. 조금이라도 보였으면 한다, 멋지에게. 노력하는 내 모습이.

열등감 퍼레이드

「나 혼자 산다」를 보던 저녁이었다. 별 생각 없이 틀어 놓고 있다가 어느 순간 화면에 초점을 맞추고 집중하기 시작했다. 코드 쿤스트가 전현무의 옷을 골라주는 에피 소드였다. 옷 잘 입고 싶어 하는 전현무는 코쿤에게 전 적으로 의지하고 있었다. 패널들은 화면 속에서 전현무 가 집어 드는 아이템마다 아연실색했다. 그 역시 인정했 다. "나는 감각이 없잖아."

바로 그 순간, 전현무 씨에게 동질감을 느꼈다. 어? 저분, 묘하게 나 같은데? 자세까지 고쳐 앉아 집중해서 보자 곁에서 그의 옷을 골라주는 코쿤에게는 김멋지의 모습이 오버랩되었다. 희한한 일이었다. 얼굴 모양새로 보자면 반대로 매칭되는 게 맞지 않은가? 하관이 급한 장방형 얼굴의 코쿤이 나, 코가 짧고 각이 둥근 네모난 얼굴의 전현무가 멋지인데? 이게 무슨 일인가. 곁에서 엉덩이를 긁으며 함께 보던 멋지에게 감상평을 전했다. 그는 낄낄대며 동조했다.

"맞네, 맞아. 너랑 나 같네."

며칠 전에도 나갈 때 입을 옷을 골라달라 멋지에게 조 언을 구했던 나다. 이 나이에 스스로 입을 옷을 정하지 못해 물어보다니. 가끔 자괴감이 들지만 어쩔 수 없다. 스스로 입다보면 되도 않는 조합을 들이밀어 녀석의 고개를 몇 번이나 가로젓게 만들기 때문이다.

이런 나, 웃프게도 의류학을 전공했다. 그런 내게 조언해주는 김멋지? 같은 전공이다. 우리는 같은 학교에서 같은 교수님께 같은 내용을 배웠다. 그런데 왜 이 지경인가. 같은 인풋에 아웃풋이 어째서 이다지도 판이하단 말인가. 고찰해본 결과, 나름의 해답은 이러하다.

대학 입학 전, 나는 인문계 고등학교를 다녔다. 혹독한 입시 열풍이 불던 학교였다. 교내 학구열이 대단했다. 적응하려 애썼지만 쉽지 않았고, 자꾸만 낙오했다. 모두가 밤 12시 넘어서까지 문제집을 풀던 학교 독서실에서 나름의 방편으로 읽어도 읽어도 끝없는 『토지』『태백산맥』 같은 대하소설과 함께 버텼다. 새벽부터 늦은 밤까지 이어지는 공부에 적극적으로 질려버렸다. 졸업할 무렵이 되자 더 이상 치열하게 공부하고 싶지 않았다. 학교를 그만두고 싶어 검정고시를 알아봤지만 끝내 행하지 않았다. 제도 밖으로 이탈할 용기가 없었다. 결국 수능을 치르고 진학할 대학을 선택해야 하는 순간까지 끌려갔다.

그때 택한 전공이 의류학이었다. 이유는 단순했다. 공부가 영 안 맞는 것 같은데 친구들과 나는 좀 다른 것 같으니 스스로 예술적인 사람이겠거니 했다. 얄팍한 사고였지만 당시에는 확신했다. 그렇다고 예체능으로 방향을 틀 수는 없었다. 아니, 그때도 그럴 용기가 없었다. 타협점을 찾았다. 교차지원으로 선택할 수 있는 학과 중 가장 예술의 냄새를 끼치는 전공, 그것이 바로 의류학이었다. 스스로에게 어떻게든 '틀림' 아닌 '다름'의 필터를 덧씌우고픈 발악이자 나름의 돌파구였다.

그렇게 택한 전공이었건만 슬프게도 영 맞지 않았다. 만드는 옷마다 어딘가 어설펐다. 아무리 뒤집어도 두 다리를 끼워넣을 구멍이 없는 바지, 마네킹에 입혀놓으면 두 팔이 뒤로 꺾이는 셔츠 따위가 내 손에서 탄생했다. 만든 옷이 꼭 나 같았다. 몸에 맞지 않는 옷, 입을 수 없는 옷. 고등학교에서도, 대학교에서도 적응하지 못한 내 모습 같았다. 재봉틀 앞에 멍하니 앉아 헛웃음을 지었다.

그제야 깨달았다. 나는 의류학을 전공하는 데 필요한 자질과 재능이 부족했다. 심지어 흥미와 관심도 없었다. 깊은 의문이 들었다. 왜 이걸 이제야 알았을까. 왜 진작 생각하지 못했을까. 학사경고를 맞는 초유의 사태까지 갔을 때에야 '내 인생이 어쩌다 이 지경이 되었을까' 암담해졌다. 어쩌면 당연했다. 전공을 택한 이유가 습자지같이 가벼웠기 때문이다. 학교에서, 학원에서 지겹도록 무언가를 배웠지만 진로에 대해, 앞으로 할 일에 대해, 살아갈 삶에 대해, 그에 앞서 스스로에 대해 깊게 사유하는 방법은 누구도 가르쳐주지 않았다.

반면 김멋지는 학창 시절 날아다녔다. 왜 항상 그런 놈들, 아니 친구들 한두 명씩은 있지 않나. 허구한 날 노는 것 같은데 시험만 보면 성적 잘 나오는 친구. 김멋지가 그랬다. 내 눈에는 맨날 낮잠이나 자고 엉덩이나 긁는 것 같은데 희한하게 상위권 성적을 유지했다. 그가 벼락치기처럼 해간 과제를 교수님은 매번 칭찬했다. 몇 날 며칠을 성실하게 해간 내 과제에는 늘 보완해야 할 피드백을 주셨는데 말이다. 문제는 멋지의 과제를 보고 있어도 그게 왜 칭찬받는지, 내 과제에 피드백을 받아도 이걸 어디서부터 어떻게 보완해야 할지 도무지 모르겠다는 거였다. 잘하고 싶은데 뭘 어떻게 하는 게 잘하는 건지 도통 알 수 없던 나날들이었다.

내가 이토록 방황하던 대학 시절, 김멋지는 과제와 성적에서 두드러진 성과를 내는 것에서 멈추지 않고 모델리스트 대회에서 수상까지 했다. 끝없이 승승장구하는 듯 보이는 녀석이 부러웠다. 짜증도 났다. 뭐 대단히 열심히 하는 것 같지도 않은데 왜 저리 잘하는가. 뭐만 했다 하면 칭찬이나 상이나, 아니면 그 둘 다를 받는가. 저게 바로 타고난 재능인가. 전공은 저 녀석처럼 선택해야 하는 건가. 멋지는 스스로의 재능을 언제 알았을까. 그런 걸 가르쳐준 사람이 있었을까. 티 내지 않았지만 부러웠고, 부러움은 열등감이 되었다.

그런데, 아니었다. 멋지 역시 의류학을 처음부터 원해서 선택한 것이 아니라 했다. 그는 어릴 적부터 그림 그리는 것이 너무 좋았단다. 자연스레 미술을 전공하려 했지만 못 했다. 집안 사정상 예체능 전공을 밀어줄 수 없다고 부모님이 어렵게 말했다며 허허 웃었다. 그럼에도 본인이 좋아하는 것을 어떻게든 발현해보려 의류학을 선택한 것이라 했다. 나중에서야 알게 된 사실이다. 전공 선택 시 둘 다 타협했다는 점은 같았지만 그 시작점이 반대였다.

이런 속사정을 듣고도 그에게 은밀하게 품은 열등감은 사라지지 않고 오히려 증폭되었다. 멋지가 정말 예술가 타입이라는 자각 때문이었다. 내가 의류학 전공을 선택한 이유는 스스로 예술적인 사람이고 싶은 욕구가 크기 때문 아니었던가. 거기에서 '싶은'이 빠진 버전이 바로 김멋지였다. 붙어 다니다보니 그 차이가 극명하게 느껴졌다. 보라색 옆에 있을 때 더 선명해지는 노란색 같은 보색관계처럼.

나의 '싶은'은 이런 것들이었다. 그림, 영화, 사진, 음악 등을 즐기고 싶었다. 아니, 정확히는 그런 걸 즐기는 사람이고 싶었다. 별 흥미를 느끼지 못하면서도 좋아하려 노력했다.

20대 중반쯤의 시절, 이성적으로 좋아하던 사람이 있었다. 그는 예술을 향유하는 사람이었다. 내가 그런 사람이고 싶으니 이미 그런 사람이 멋져 보였다. 그는 만날 때마다 사진, 향수, 영화, 음악에 관해 많은 이야기를 했다. 그에게는 관심이 지대했지만 그가 얘기하는 것들은 하나도 귀에 들어오지 않았다. 그걸 이야기하는 그만이 내 관심사였던 것이다. 하지만 사람에 대한 호감과 그 사람이 관심 갖는 것에 대한 호감을 구별하기 어려운 나이였다.

그와 멋지와 나, 셋이 함께 만났던 날이 있었다. 김멋지는 그와 온갖 예술에 대해 쉼 없이 이야기를 나눴다. 온 눈망울이 초롱초롱해져 신나게 대화를 나누는 그와 멋지가 부러웠다. 과제를 잘하고 성적을 잘 받는 것쯤은 우습도록 훨씬 더 진하고 깊은 부러움이었다. 학창 시절 품었던 열등감이 다시 올라왔다.

안타깝게도 이 감정은 현재진행형이다. 중요한 날 고심해 고른 옷을 입고 멋지 앞에 서면 꼭 뭐 하나를 바꿔 입으라는 말을 듣는다. 그가 심드렁하게 날리는 개그에 꺽꺽대고 웃으면서도 나는 왜 저런 말을 생각하지 못했을까, 분하다. 빡침, 분노, 서운, 실망 등등 그에게 품는 부정적인 감정의 종류는 다양하지만 그중 가장 별로인 것을 꼽아보라면 자신 있게 답할 수 있다. 열등감이다.

궁금하다. 멋지가 가족이나 연인이었어도 이랬을까?

친구 사이라 이 감정을 더 오롯이 느끼는 건 아닐까? 가족이나 연인은 개인의 특성보다 그 가족, 그 커플처럼 뭉뚱그려 한 번에 인식하는 경우가 많다. 하지만 친구 관계는 대게 한 팀으로 인식하지 않는다. 소속이나 관계성보다 동등한, 나란한, 평행한 관계의 성격이 짙다. 그래서 다른 관계에서보다 작은 차이가 두드러지는 것이 아닐까.

　"야, 근데 요즘 전현무 엄청 웃긴 거 같지 않아?"
　멋지가 던진 말에 뻗어나가던 잡생각은 급 다시 현실로 복귀한다. 혼자 과거 소환을 신나게 하느라 흐름을 놓친 나와 달리 대부분 현재에 머물 줄 아는 녀석은 여전히 TV로 들어갈 기세다. 멋지가 말했다. 최근 전현무 씨가 자신이 갖지 못한 것들과 그걸 욕망하는 모습을 솔직하게 드러낸다고. 그런 인간미 넘치는 모습이 친근하고 또 유쾌하다고. 그러고 보니 그랬다. 잘은 몰라도 아마 그 역시 본인의 심정을 대중 앞에서 말하기까지 나름의 부침을 겪지 않았을까. 갖고 싶지만 갖지 못한 어떤 재능과 감각에 대해, 그걸 타고나 갖고 있는 곁의 누군가,

이를테면 코쿤에 대해.

　나 역시 부족한 마음을 과거보다 내려놓고 나니 더 편해졌다. 멋지와 나의 세월 레이어가 수없이 쌓여 두텁고 또 투명해져 부러움의 레이어를 예전보다 쉽게 꺼내놓을 수 있게 되었다. 아울러 열등감을 느끼는 빈도도 줄었다. 멋지와 나를 누가 더 낫고 어쩌고 하며 비교할 각각의 객체가 아닌 한 팀으로 인식하면서부터인 것 같다. 가족도, 연인도 아니지만 이제는 '친구'를 넘어 '우리'가 어울리는 사이. 그래서인지 언제부턴가 녀석의 장점들이 부럽기보다 자랑스럽다. 더불어 오랜 세월 부대끼며 알게 된 멋지의 단점들도 내가 채워줘야지 으이그, 저거 어쩌겠나, 하는 마음이 든다.

　물론 줄었다는 거지, 아예 없어진 것은 아니다. 여전히 나는 김멋지가 순간순간 부럽다. 원고 쓰느라 머리채를 쥐어뜯으며 괴로워하는 내 앞에서 슥삭슥삭 그림을 그리는 멋지를 볼 때 같은 순간 말이다. 이럴 때, 자주 입버릇처럼 말한다.

　"와, 김멋지야. 나 다음 생애에는 너로 태어나고 싶다. 세상 편할 것 같아"

역시나 그는 무심히 답한다.

"응, 그래. 그러도록 해. 근데 미안한데 나는 너로 태어나고 싶지 않다, 야. 어휴, 생각만 해도 피곤하네."

아, 이런…… 방금 7,813,022번째쯤의 열등감을 느끼고 말았다.

선택한 친척

밤 11시가 가까운 시각, 퇴근해 집으로 가는 골목 앞에서 누군가 나를 기다리고 있었다. 근처에 사는 동네 언니 A와 오빠 V였다. 부부인 그들의 손에는 까맣고 노란 비닐봉지가 한 아름 들려 있었다. 과일과 반찬을 좀 챙겨다주러 왔단다. 절로 개다리춤이 나왔다. 반갑고 고마운 마음에 이대로 보내기 싫어졌다. 하지만 늦은 시간, 주말도 아닌 애매한 목요일이었다. 모두 다음 날 출근해야 하는 압박이 있는지라 망설였지만 매번 그러했듯 고민은 길지 않았다.

"어떻게, 한잔하고 갈 테야? 집에 좀 들렀다 가!"

언니 오빠도 딱히 거절하지 않는다. 찐웃음이 흘렀다. 가파른 언덕을 올라 집에 들어가기 전 편의점에 들러 맥주 8캔을 샀다. 다음 날 모두의 출근을 고려해 마지노선을 미리 정하자는 암묵적 의지가 8이라는 숫자에 담겨 있다. 집에 들어오니 개수대에는 하다 만 설거지가 그로테스크하게 널려 있다. 손님맞이 내추럴 인테리어라 말하며 껄껄 웃어본다. 바쁘게 식탁에 맥주를 세팅하려 하자 언니는 내게 옷부터 편하게 갈아입으란다. 그럴까? 사양하지 않고 들어가 잠옷으로 환복하고 나온다. 찌개

건더기가 널린 개수대와 무릎 나온 잠옷. 편집도 보정도 없는 삶의 너절한 단면을 거리낌 없이 보일 수 있는 사이라는 새삼스러운 실감에 기분이 좋다.

딸깍, 맥주 캔을 따며 언니 오빠가 싸온 것들을 풀어본다. 봉지에선 김치와 주꾸미와 오렌지와 아보카도 등이 줄줄이 나온다. 집에 있는 것을 나눠 먹으려 되는대로 담아 온 그 대중없는 품목이 사랑스럽다. 그것들이 담긴 찐사랑의 바로미터, 구겨진 봉다리마저 정겹다. 김치가 담긴 반찬 통이 낯익다 싶더니 얼마 전 멋지가 간장새우를 담가 부부에게 건넸던 바로 그 통이다. 옆집에, 건물에, 동네에 누가 사는지 관심 없는 요즘 같은 시대에 돌고 도는 반찬 통이라니, 복 받았다.

늦은 시간, 갑작스러운 만남에 이렇다 할 안주도 없이 과자 나부랭이 몇 개 까놓은 소박한 술상이지만 오가는 대화들은 제법 묵직하다. 종일 일하다 퇴근했으니 지금 하는 일과 오늘을, 잠시 마시다 출근하러 가야 하니 내일 할 일과 미래가 자연스레 입에 오른다. 대화는 그러다 점점 더 깊고 진한 미래로 달음질친다.

언니 오빠라 했지만 고작 한두 살 차이인 우리들.

40대를 목전에 둔 요즘, 앞으로의 삶과 일, 나이 들어감에 대한 대화의 지분이 늘었다. 직장인 오빠는 정년 후의 일을 생각한다. 그는 요새 회사 일을 마치면 사이드 프로젝트를 한다 했다. 프리랜서인 우리는 여전히 안정적이지 않은 수입을 고민한다. 부부인 그들은 아이를 갖지 않기로 한 결정에 대해, 그 결정을 내리기까지의 고심을 이야기한다. 가족 같은 친구이자 동거인인 우리는 언제 바뀔지 모를, 혹은 바뀌지 않을 현 상태와 법이 보장해줄 수 없는 관계의 한계에 대해 토로한다.

사는 것이란 다 엇비슷한 것 같아도 가까이 보면 저마다 제각각이고, 모조리 다른 것 같아도 멀리서 보면 다 그게 그거인 요상한 지점이 있다. 서로 다른 직업, 각각의 형태로 살다보니 각자의 고민과 부침이 교차점을 지나 다시 각이 벌어진다.

대화는 자연스레 중년, 노년의 삶으로 이어진다. 결혼해 아이를 갖고 사는 형태, 나이 들어서도 계속 일할 수 있는 상태가 아닐 때 우리의 미래는 어떨까. 그러다 대화의 주어는 우리를 떠나 함께 아는 지인들로 확장된다. 크리에이터 부부는 얼마 전에 어디로 이사를 했다더라, 직장인 누구는 이번에 이직을 한다더라, 하던 일을 관두고 고민 끝에 사업을 벌인 친구는 생각보다 잘돼 엄청 바쁘다더라 등등.

대화 속에 등장하는 지인들 무리와는 얼마 전 경주에 다녀왔다. 좋아하는 사람들과 떼거리로 거의 매년 함께하는 여행이다. 모두가 서울에 사는데, 매년 경주에서 모인다. 희한한 사람들과의 희한한 여행이랄까. 함께 간 사람들은 막역한 사이지만 알게 된 지는 오래되지 않았다. 이 관계를 뭐라 설명해야 할까. 친구도, 동창도, 동료도, 선배도, 후배도 아닌 건너 건너 건너 어쩌다, 우연히 알게 된, 서로 좋아하는 사람들.

구성은 이러하다. 일하다 알게 된 사람, 그의 아내, 팟캐스트 출연했을 때 친해진 진행자, 그의 친동생, 그의 남편, 누구의 후배, 그의 고향 친구 등등이 알음알음 모였다. 나이도 성별도 하는 일도 천차만별인 이 모임. 어떻게 모인 거냐 묻는다면 명쾌하게 답할 길이 없다. 이 모임에 왔다가 잇몸 만개했던 사람이 함께 웃자며 소중한 누군가를 데려오는 식으로 뻗어나갔으니, 가장 흡사

한 건 다단계 정도일까?

제각기 서울에서 출발해 경주에서 모였다. 만나자마자 반가워 서로 끌어안았다. 통으로 빌린 한옥 숙소 앞에 모여 부둥켜안으니 명절에 친척들 만난 것 같다며 깔깔 웃었다. 그 웃음을 시작으로 머무는 동안 쉼 없이 웃었다. 웃느라 누구는 턱관절 통증을 호소했고, 웃느라 몇몇은 목이 다 쉬었다.

딱히 이렇다 하게 대단한 것을 한 건 아니다. 먹고 마시고 떠들고 논 게 전부다. 그러다 불현듯 숙소 바닥에 각자 신은 실내용 슬리퍼를 냅다 패대기치며 누구의 '씨레빠'가 멀리 가나 겨루는 클래식한 게임을 했다. 숙소를 나와서는 대규모 인원이 들어갈 곳이 마땅치 않아 아무것도 없는 풀밭에 돗자리 깔고 둘러앉아 놀았다. 화성이나 무인도에 떨궈놔도 놀 수 있는 사람들이다. 이렇게 건전한데, 이토록 짜릿하다니. 그 현장에 있으면서도 놀라웠고 지금 돌이켜도 경이롭다. 적당한 피로와 큰 기쁨을 주렁주렁 달고 우리의 다음 명절을 기약하며 서울로 올라가는 차에 몸을 실었다.

이 관계를 무어라 불러야 할까 고심하다 '선택한 친척' 같다는 생각을 했다. 같이 살지는 않지만 자주 왕래하고, 서로의 대소사를 챙기고, 남편과 아내를 데려와 소개하고 그들도 함께 들어와 확장되는 이 모임은 친척과 닮았다. 피는 섞이지 않았지만 생각이 섞이고, 가족 관계로 얽히지 않았지만 가치관이 얽힌 사이. 삶의 결이 비슷해 느껴지는 편안함과 동질감. 만나고 나면 한동안 그 추억과 여운으로 일상을 힘차게 살아갈 수 있는 힘을 주는 관계. 우리끼리 만든 명절에 만나는 친척.

이들 중 몇몇과는 우스갯소리로 해오던 이야기가 있다. 더 나이 들어 다 같이 노년으로 접어들면 우리끼리 실버타운을 만들자 했다. 가까운 거리에 살며 지금처럼 서로 챙기고 좋아하는 일을 함께하며 즐겁게 살자고 말이다. 술자리 안주 삼아 떠들던 말들은 몇 년의 세월과 추억을 차곡차곡 먹고 자라며 그 몸집을 키워가고 있다.

언니 오빠를 보고 내 옆의 멋지를 보며 여러 삶의 형태를 생각한다. 다양한 가족, 다양한 동거인, 다양한 연인을. 그 다양성을 틀린 것이 아닌 다름으로, 다름을 넘어 다채로움으로 받아들일 넉넉함이 있다면 더불어 살아가는 이 세상이 좀 더 풍족해지지 않을까. 우리가 기념하는 명절은 스트레스보다는 기쁨이 더 크지 않을까. 내가 선택한 친척, 내가 좋아하는 사람들과의 명절을 나는 늘 기다린다. 자주 만나지 않아도 지금처럼 느슨하게 이어져 있을 거라는 믿음이 충만하다. 이런 사람들과 함께라면 나이 드는 것이 두렵지 않다. 아니, 얼마나 더 좋을까? 외려 기대된다.

나오는 말 — 김멋지 씀

기승(전)결

그때까진 우리가 서로 왜 편한지 몰랐다. 학창 시절 전공수업, 실기과제 덕분에 하루의 대부분을 붙어 있었지만 다툼이 없어 우리 관계에 대해 고찰할 필요가 없었다. 물을 생각도 없던 이 문제의 답은 뜻밖에도 선임이의 전 남자친구에게서 들을 수 있었다.

"너희는 소통의 정도, 그게 잘 맞는다고 봐."

그는 방금 구운 호떡을 후후 불며 말했다. 자신은 연인의 크고 작은 선택을 함께하고 싶은데, 항상 선임이 혼자 결정해서 싸움이 된다고 했다. 그가 말해준 좌표를 기준 삼아 우리의 소통을 따질 만한 사건들을 기억에서 끄집어냈다. 그 결과 우리는 보통 다음의 순서를 거친다는 걸 알아냈다.

중요한 선택을 해야 한다 → 스스로 내린 결정을 상대에게 알리거나 조언을 구한다 → 상대는 염려되는 것을 말하고 지지한다

서로 공감하고 위로하지만 애써 구하지 않는 말은 하지 않았다. 이 모든 게 물 흐르듯 막힘이 없어서 '이 중요한 걸 이제 말해?' '우리가 이 정도밖에 안 되는 친구 사이인가?' '내 고민을 진지하게 생각해주지 않는다니' 같은 느낌을 받지 않았다. 방관이 아니라 존중이라고 생각했다. 우리가 편한 건 상대에게 넘고 싶은 선과 내게 넘어오지 않았으면 하는 거리가 맞아 떨어졌기 때문인 것 같았다. 세상에서 가장 가까운 타인이었다. 논리 따위없이 무모해도 그대로 받아주니 자신을 관철시키는 데에 힘들일 필요가 없었다. 비록 성인이 된 지 얼마 안 된학생이지만 제 생각과 결정을 무조건 믿고 밀어주는 사람이 하나 있으니 어찌나 당당해지던지! 언젠가 선임이말했다.

"돌이켜보면 그 비싼 등록금 주고 대학 다니면서 나랑안 맞는 전공 배우느라 난리였잖아. 4년 동안 배운 거 다때려치우고 이제 뭘 해야 할지 감도 안 잡힐 땐 방황하면서 더 힘들었고. 지금의 나는 그 지난했던 과정을 알잖아? 근데 대학 원서를 접수하던 때로 다시 돌아가라면 난 똑같은 선택을 할 것 같아. 아니면 너랑 친구가 될수 없으니까."

애는 참, 어쩜 그렇게 지독한 선택을…… 괴로웠던 시간을 기어코 겪겠다는 그 마음에 놀랐다가 웃음이 났다.

덕분에 어떤 평행우주에서는 또 다시 위선임과 학교 앞 떡볶이집에서 낄낄대고 있을 것 같았다.

그런 우리도 가끔 싸운다. 가치가 서로 다른 것이 부딪칠 때 부싯돌처럼 불꽃이 타닥 튀고 마는 것이다. 서른 살, 세계여행을 준비할 때였다. 선임이는 인생에 다시없을 이 이벤트를 잘 겪고 싶었다. 나보다 먼저 퇴사한 녀석은 세계여행을 마친 여행 선배님들, 책, 모임 등 정보를 얻기 위한 모든 루트를 하나씩 섭렵했다. 필요한 예방접종이 무엇인지부터 여행을 기록할 카메라는 어떤 걸 사야 할지, 브라와 팬티를 몇 장씩 챙기면 좋을지까지 크고 작은 걸 준비할 때마다 나에게 톡을 던졌다. 그럴 때마다 나는 '좋지, 응, 알겠어, ㅇㅋㅇㅋ' 정도의 답장을 보냈고 선임이는 그게 못마땅했다. 결국 매일매일 풍선처럼 부푼 서운함이 펑 터져버렸다. 녀석은 '따로 떠날 생각을 하고 있다'고, 오래 참아왔던 말을 꺼냈다.

나도 할 말이 없는 건 아니었다. '퇴근하고 시간되면 우리 집으로 와. 할 말 있어'라는 톡을 받았을 때부터 심상치 않았다. 일이 손에 잡힐 리가. 달려간 선임이 자취

방 앞에서 따로 떠나자는 말을 들었을 때 얼마나 놀랐던지. 누군 뭐 안 힘든 줄 아나. 조금이라도 여행 경비를 더 벌기 위해 그만두지 못한 내게 툭하면 날아오는 여행 정보와 준비물, 아직 시작도 안 한 여행의 투두 리스트가 하나씩 쌓이고 만날 사람이 늘었다. 카메라, 거 뭐 렌즈 달린 휴대폰 있는데 꼭 사야 하나? 팬티는 서너 장 대충 넣으면 되는 거 아닌가? 물론 도움이 되는 정보였지만 내겐 과했다. 여태껏 '아니'라는 말 하나 없이 얼마나 장단에 맞춰줬는데……. 여행 준비에 신경 쓰지 않았던 건 귀찮아서가 아니라 할 필요가 없다고 생각해서다. 나도 표현을 안 해서 그렇지, 힘들었다 이거야! 일촉즉발의 순간, 내가 말했다.

"미안해."

이제 막 불붙을 싸움에 찬물 한 바가지를 뿌린 격이었다. 서운하긴 해도 미안하지 않은 건 아니었다. 어쨌든 나 때문에 하루에 몇 번씩이나 같이 갈까 말까 고민했다는데……. 그렇게 싸움은 끝났다. 드라마란 기승전결이 있게 마련이지만 우리의 불꽃은 하이라이트인 '전'에 닿기도 전에 파스스 꺼졌다. 남들이 보기에 재미없는 영화처럼 끝난 미지근한 싸움에도 우린 그날 뜨거운 눈물을 훔치며 막걸리를 마시고 웃었다.

얼마 전 늦은 밤 야식으로 피자와 맥주를 먹었다. 피자는 내가 요즘 환장하는 음식이고 맥주는 위선임이 언제나 사랑하는 음료다. 탄산을 잘 못 마시는 나는 선임이와 같이 맥주를 마시기 위해 타격감이 적은 흑맥주를 골랐다. 피자를 선호하지 않는 선임이는 나와 피자를 먹기 위해 그나마 잘 먹는 치즈피자를 골랐다. 길게 늘어난 치즈를 오물오물 씹으며 야식도 습관인데 요즘 잦아지는 것 같으니 정신 차리자고 했다. 먹으면서 먹지 말자는 얘기를 할 거면 애초에 시작을 말아야 했지만 그런 단호함을 갖췄다면 우린 지금보다 나은 사람이 됐을지도 모른다는 시시껄렁한 농담을 했다. 그러다 내 운동에 대한 주제가 나왔다. 고질적인 요통을 없애기 위해 운동을 시작했다 사정상 그만둔 지 세 달을 넘기고 있었기 때문이다.

격앙된 목소리로 위선임이 말했다. 잠깐 쉬고 다시 하겠다고 한 지 몇 달이 지나도록 왜 다시 시작하지 않는 건지, 운동 센터에 갈 시간이 없으면 집에서 스트레칭이라도 하지, 네 허리가 아픈 건데 너보다 내가 더 신경 쓰는 것 같다, 등등. 나도 물러설 순 없었다. 요 근래 새로운 프로젝트를 시작하면서 일주일을 '월화수목목목목'으로 살며 지쳐 있었다. 눈 뜨자마자 밥을 찾는 내가 요 며칠 아침도 못 먹고 나가는 거 봤으면서. 하고 싶은 일을 오래 잘하려면 허리랑 체력을 똑바로 세워야 되는 건 아는데, 진짜 시간이 없었다고! 내가 받고 있는 스트레스와 선임이의 걱정으로 설전이 오갔다. 결국 그는 강수를 뒀다.

"내가 네 건강 신경 안 썼으면 좋겠어? 이제 아예 말도 꺼내지 마?"

위선임이 저렇게까지 선택을 강요하는 일은 흔치 않다. 건강 문제만큼은 내버려둘 수 없었나보다. 가벼운 마음으로 답할 수 없었다. 뱉어버린 말은 엎어진 김칫국물 같아서 닦아도 벌건 자국이 남게 마련이라 여러 번 고민했다. 아무래도 힘들 것 같았다. 맥주를 벌컥벌컥 삼켰다.

"말 안 했으면 좋겠어!"

어렵게 꺼낸 진심이 거부당한 지금 선임이 기분이 어떨까. 목구멍이 따가웠다. 한데 괜찮다고 말하면 난 분명 몇 번 더 참을 거고, 끝내 화가 날지 모르니 당장은 미안하지만 어쩔 수 없다고 말했다. 그만큼 허리 문제는 나에게도 스트레스였다. 녀석의 눈이 실시간으로 벌게졌다. 눈물이 차올랐는데 열에 아홉은 눈물이 흐르기 전에 콧물이 먼저 흐르기 때문에 휴지를 한 장 뽑아 건넸다. 역시나 콧물이 흘렀다.

"네 허리! 내가 얼마나 걱정하는지 알면서, 이 말을 하기까지 얼마나 참았는지 알면서 어떻게 그럴 수가 있어?"

이후 선임이는 눈물과 콧물을 훔치며 서운함을 토로하다가 이렇게 끝냈다.

"그래, 말 안 할게. 안 하는데! 안 되겠다, 맥주 한 캔 더 해야겠다."

냉장고로 가던 선임이가 멈칫하더니 몸을 돌려 내가 마시던 맥주 캔을 양 옆으로 흔들어 남은 양을 확인했다. 곧 자신의 라거 맥주와 함께 내 흑맥주를 가져와 탁 소리가 나도록 거칠게 내려놨다.

"이거 다른 맥주다. 너 잔에 남은 거, 그거 다 먹고 따라 먹어. 맛 섞이니까."

또 찬물 한 바가지. 이렇게 쌀쌀맞게 따뜻하다니. 나 때문에 울고 있으면서, 눈을 흘기면서, 내 맥주 맛 섞이는 게 뭐라고. 서운한 건 서운한 거고, 맥주 맛은 중요하고. 풋 하고 웃음이 나왔다. 싸움은 또 맥없이 끝났다.

절정에 달하지 못하는 기승(전)결이지만 항상 진심으로 다퉜다. 비에 젖은 종이가 우글쭈글해져도 결국 마르면 단단해지듯, 우리 사이는 서로의 눈물에 엉겨 젖었다 마르길 거듭하는 동안 굳건해졌다. 어떤 감정이든 인정해줄 거라는 믿음이 있다. 아무리 화나도 이 관계가 조각날 거라고 의심하지 않는다. 나중에 혹 우리가 다른 집에 살게 되더라도, 다른 가족이 생긴다 하더라도, 앞으로도 우린 서로가 단단하고 든든할 것이다.

가끔 대단하고 대체로 사소한 일상에 문득 끼어드는 이 감정은 '잘 살고 있다'는 느낌을 준다. 내가 사는 집에 선임이도 산다.

우린 잘 살 줄 알았다

초판 1쇄 발행 2023년 7월 7일

지은이　　　김멋지 위선임
편집　　　　김선영
디자인　　　책장점
조판　　　　한향림

펴낸곳　　　핀드
펴낸이　　　김선영
등록　　　　2021년 8월 11일 제2021-000312호
주소　　　　06300 서울시 강남구 논현로24길 42, 201호
전화　　　　02-575-0210
팩스　　　　02-2179-9210
이메일　　　pinned@pinned.co.kr
인스타그램　@pinnedbooks

ⓒ 김멋지 위선임 2023
ISBN 979-11-981721-2-9 03810